Weihnachten mit Elisabeth Dreisbach

Weihnachten 2003
von Roswitha Lutsch

Weihnachten mit Elisabeth Dreisbach

Die schönsten Geschichten und Erzählungen

Edition Anker

Edition Anker – Auslese

Textauswahl und Vorwort: Thomas Kraft

CIP-Eintrag der Deutschen Bibliothek
Dreisbach, Elisabeth:
Weihnachten mit Elisabeth Dreisbach : die schönsten Geschichten und
Erzählungen / Elisabeth Dreisbach. - Stuttgart :
Christliches Verl.-Haus, 2001
    Edition Anker
    ISBN 3-7675-6943-4

www.edition-anker.de
© 2001 Edition Anker im Christlichen Verlagshaus GmbH, Stuttgart
Umschlaggestaltung: Dieter Betz, Friolzheim
Satz: WVG Werbe- & Verlagsgesellschaft mbH, Grevenbroich
Druck: Freiburger Graphische Betriebe
Gesetzt aus der Janson 11/13
ISBN 3-7675-6943-4; Best.-Nr. 296.943

Inhalt

Vorwort

Elisabeth Dreisbach wurde 1904 in Hamburg geboren. Ihre zahlreichen Romane und Erzählungen machten sie zu einer der beliebtesten christlichen Autorinnen des Zwanzigsten Jahrhunderts. Bereits in ihrem Elternhaus wurde die Grundlage für ihre geistliche Prägung gelegt. Beide Eltern arbeiteten in der Heilsarmee. Auch sie selbst hat sich im Laufe ihres Lebens immer wieder des Schicksals hilfsbedürftiger Menschen angenommen. So nahm sie als Pflegemutter Kinder zu sich, arbeitete in der kirchlichen Jugendarbeit mit und eröffnete und leitete nach dem Krieg ein Heim für heimatlose Kinder. Mit ihrem Mann lebte Elisabeth Dreisbach bis zu ihrem Tod 1996 im Berghaus St. Michael in Oberböhringen auf der Schwäbischen Alb, einem christlichen Gästehaus und Kinderheim.

Der vorliegende Band vereinigt die schönsten Erzählungen und Episoden zum Thema Weihnachten. In der Weihnachtsbotschaft hat Gott seine Liebe auf einzigartige Weise offenbart. Das Licht dieser Liebe leuchtet bis in das Schicksal jedes einzelnen Menschen hinein. Viele der Hauptfiguren in den Erzählungen Elisabeth Dreisbachs haben ein hartes Schicksal zu tragen. Oft tragen sie schwer an eigener oder fremder Schuld. Aber die Botschaft von Weihnachten lässt sie zu neuem Vertrauen finden oder gibt ihrem Leben eine neue Richtung. Sie vermag Elend in Hoffnung und Freude zu verwandeln. Das ist das bleibende Vermächtnis von Elisabeth Dreisbachs Büchern.

Wir wünschen Ihnen viel Freude mit diesen Weihnachtserzählungen und eine besinnliche Advents- und Weihnachtszeit.

Thomas Kraft

Werner Gersbachs Weihnachten

Durch die Königstraße in Stuttgart wälzte sich ein Menschenstrom. Niemand schien das nasskalte, unfreundliche Wetter störend zu empfinden. Kein Wunder, drei Tage vor Weihnachten. Heute, am letzten Sonntag vor dem Fest, stauten sich die Massen in den Geschäftshäusern und vor den Schaufenstern. Frohes Stimmengewirr, helles Kinderjauchzen erfüllte die Luft; Festfreude und Erwartung sowie Schenkeifer hatten schier den Höhepunkt erreicht. Schon früh am Nachmittag senkte sich die Dämmerung über die Stadt, sodass bald da und dort und dann überall Lichter aufblitzten. Weihnachtlich festliche Beleuchtung erhöhte die frohe Stimmung, und die Gesichter mancher Käufer, die päckchen- und paketbeladen die Geschäfte verließen, waren fieberhaft gerötet; nebensächlich, ob von der Wärme der überfüllten Räume oder dem beglückenden Bewusstsein, das Richtige und Schönste beim Einkauf getroffen zu haben.

Der feuchtkalte Nebel verwandelte sich in Regen, der aber heute nur von wenigen als ungemütlich empfunden wurde. Die Vorfestfreude war vorherrschend und ließ einfach nichts Unangenehmes aufkommen.

„Des schadet nix, wenn's jetzt au a bissele rägnet", sagte lachend ein frisches junges Mädel, das ein paar nagelneue Skihölzer schulterte, zu ihrer neben ihr gehenden Freundin. „Bis Neujohr händ mer g'wiss 's schönscht

Schiwetter. Aus 'm Schwarzwald isch heut scho günschtiger Wetterbericht komme."

Ein korpulenter, älterer Herr wandte sich an seine Gattin, die mit ihm soeben ein Kaufhaus verließ. „Du, spann doch de neue Rägeschirm auf! Sonscht werde unsre Päckle ganz nass." – „Ja, was denkscht au!" Beinahe entrüstet weigerte sie sich. „Der Schirm isch doch 's Chrischtkindle für Margritle. Ich kann dere doch kein gebrauchts Weihnachtsg'schenkle unter de Tannebaum lege. Jetz warte mer halt do unter'm Torboge, bis der Einser kommt, dann steige mir glei ein und fahre hoim."

Und ihr rundlicher Eheherr gab sich zufrieden. Wer hätte auch heute streiten mögen?

Aber alle teilten wohl doch nicht die vorweihnachtliche Festfreude. Der hochgewachsene junge Mann dort drüben, der zwischen dem aufgeschlagenen Kragen seines dunkelgrauen Mantels und dem tief in die Stirn gezogenen Hut sein Gesicht anscheinend zu verbergen trachtete, sah keineswegs freudig oder beglückt aus. Teilnahmslos schlenderte er an den verlockend geschmückten Geschäftsauslagen vorbei und ließ sich von dem Menschenstrom treiben. Ein Gleichgültiger unter den Fröhlichen. Was suchte er eigentlich hier im Hauptgeschäftsviertel der Stadt? Er wusste es selbst nicht; wollte eben, wie schon so oft, den Sonntagnachmittag totschlagen, der ihn in seiner grauen Nässe längst anödete. Weihnachtsvorfreude? Lichteffekt? Tannenduft? Das alles ging ihn nichts an, war nicht für ihn da.

Nur einmal schrak er zusammen, zog die hohe, blasse

Stirn in Falten und hielt einen Augenblick in seinem ziellosen Weiterschlendern inne, als ob er stehen bleiben wolle, aber nur einen winzigen Augenblick, den Bruchteil einer Sekunde. Das war, als eine jubelnde Kinderstimme an sein Ohr drang. Ein zierliches, kleines Mädchen hatte sich einen Weg bis an das große, hell erleuchtete Schaufenster eines Spielwarengeschäftes gebahnt und übertönte nun alle Nebengeräusche mit seinem Jubel. „Oh, die Puppe, die schöne, große Puppe, die muss mir das Christkind bringen."

Dieses selige Kinderjauchzen warf den hochgewachsenen Mann beinahe aus dem Geleise. Aber was heißt Geleise? Er ging ja ziellos durch den Nachmittag, es war vollkommen gleichgültig, ob er seine Schritte nach Norden oder Süden lenkte. Und was kümmerte ihn dieses kleine Persönchen im roten Mäntelchen und Mützchen mit dem weißen Pelzbesatz? Der Blick seiner lebhaften, dunklen Augen, die jetzt vor glücklicher Erwartung wie zwei kleine Sterne glänzten, galt nicht etwa ihm, sondern der lächelnden Puppe hinter der Glaswand. Aber dieses kleine Mädchen hatte eine Saite im Innern des Mannes berührt, eine Saite, die er glaubte, endlich zum Schweigen bringen zu können, die jedoch immer wieder aufs Neue einen Ton erklingen ließ, wenngleich er auch fast ungehört verhallte.

Nein, das kleine Mädchen im roten Mantel ging ihn nichts an. Aber ein anderes, es mochte wohl im gleichen Alter sein wie das glückstrunkene Dingelchen vor dem Schaufenster. Und es lehnte jetzt wahrscheinlich am Stuhl, in dem die kranke Großmutter saß, hatte seine Augen zu ihr erhoben und bat: „Oma, erzähle mir vom

11

Christkind." So wie er es als kleiner Junge auch getan hatte. Ach, er wusste es noch so gut. Die Augen des Kindes aber leuchteten nicht, denn sie waren gleich erloschenen Sternen. Das kleine Mädchen war blind. Und der finster blickende Mann, der an der Festfreude des heutigen Tages teilnahmslos vorüberging, mitten im Menschengewühl der Stuttgarter Hauptstraße, war der Vater des kleinen blinden Mädchens, der Sohn, um den Frau Mechthild Gersbach die meisten Tränen vergossen hatte.

Vor sechseinhalb Jahren hatte Werner Gersbach seine Heimat im Rheinland verlassen und in Süddeutschland eine Stellung angenommen. Nun lebte er bereits seit vier Jahren in Stuttgart. Er war als talentvoller Architekt bekannt und gesucht. In seinem im Westen der Stadt gelegenen Büro herrschte immer rege Tätigkeit. Sein Schaffenseifer hatte ihm schon manchen Erfolg gebracht und seine künstlerische Begabung schuf ihm bald einen Namen, sodass die ihm übertragenen Aufträge sich häuften. Keiner seiner Kollegen aber konnte sich rühmen, freundschaftliche Beziehungen zu ihm zu pflegen. Zeigte er sich in seiner Berufstätigkeit stets aufgeschlossen und angeregt, überwand er hier fast spielend die unglaublichsten Schwierigkeiten, so äußerte sich in seinem Privatleben eine beinahe beleidigende Abwehr und Unnahbarkeit. Es gelang niemand, auch nur einen Blick hinter die Kulissen seines Innenlebens zu werfen, so sehr es schon manche interessiert hätte, zu erfahren, was in diesem rätselhaft verschlossenen Menschen vor sich ging. Bemerkte er, dass sich ihm jemand mit dieser Absicht näherte, so war es, als ließe er nun erst recht einen Vorhang vor dem Tor seiner Seele nieder. Dann konnte er, dessen Höflichkeit und feines Wesen im geschäftlichen Verkehr gerühmt wurden, geradezu grob werden. Bei einem alten Ehepaar hatte er zwei möblierte Zimmer gemietet. Die Mahlzeiten nahm er in einem Gasthaus ein. Er mied jeden persönlichen Verkehr und kam bald in den Ruf, ein Sonderling zu sein. Man zerbrach sich den Kopf über der Ursache seines seltsamen Wesens. Er aber gab niemand Aufschluss.

„Ich werde nicht klug aus ihm", sagte einer seiner Kollegen, der nun schon seit Jahren in Arbeitsverbindung mit Werner Gersbach stand. „Es ist, als ob sich zwei Naturen in ihm vereinten. Nie in meinem Leben sind mir solche auffallenden Gegensätze in einem Menschen begegnet."

Er wusste nicht, dass Werner Gersbach diesen Ausspruch mit angehört hatte. Ein herbes Lächeln spielte um seinen Mund. Er kannte die Ursache dieser Gegensätze in seinem Innern gar wohl. Es war nicht immer so gewesen, denn sein ureigenstes Wesen glich dem seiner Großmutter, der Lehrersfrau, sonnig, mitteilsam und offen. Krieg und Inflationszeit hatten ihm, der damals allerdings noch ein Kind war, nichts von seinem angeborenen Frohsinn zerstören können. Bei aller sprudelnden Lebensfreude war er jedoch ein sinniger, nachdenklicher Knabe gewesen. Während sein älterer Bruder sich auf den Straßen der Heimatstadt mit den Altersgenossen herumbalgte, zog er es vor, hinter Büchern, die er sich stapelweise aus der Stadtbibliothek holte, zu sitzen. So bereicherte er sein Wissen und schuf sich seine Welt, die weit über die Grenzen der geistigen Atmosphäre seines Elternhauses reichte. Ein inniges Verhältnis bestand zwischen ihm und seiner Mutter, die den Hunger im Innern ihres Jungen so gut verstand. War es ihr im engen Kreise ihrer Häuslichkeit doch oft selbst, als lege sich etwas unerträglich Erdrückendes auf ihr Herz. Werner hatte ihr auch nie bei seiner Erziehung Schwierigkeiten bereitet.

Von frühester Kindheit an zeigte er eine besondere religiöse Neigung und wurde im Hause seiner Eltern, wo man kaum Zeit fand, überirdischen Dingen nachzusinnen, als „das fromme Kind" betrachtet. Neben ihrer vielen Arbeit bemühte sich die Mutter, den leseleidenschaftlichen Jungen vor einem „Zuviel" seiner geistigen Nahrung zu bewahren. Sie klappte ihm hin und wieder einmal ein Buch, in das er vollständig verloren war, vor der Nase zu und ermunterte ihn: „Gehe, Werner, gesell dich ein Stündchen zu den andern Buben da draußen. Du sollst mir kein Einzelgänger werden." Oder sie stellte ihn an, ihr Handreichungen in der Wurstküche oder im Laden zu tun, gerade weil sie sah, dass ihm dies hart ankam. Aber sie wollte ihn vor den schweren Erfahrungen, die sie selbst hatte durchmachen müssen, bewahren. Er sollte sich schon jetzt überwinden lernen und einmal, ganz gleich, wohin der Sturm des Lebens ihn verschlagen würde, mit beiden Füßen im Alltag stehen. Und er überwand lachend die kleinen und großen Schwierigkeiten und beglückte die Mutter durch seine Frohnatur, sein stets liebevolles Wesen. Frau Mechthild war stolz auf ihren Jungen. Er hatte eine geschickte Hand und eine erstaunlich leichte

14

Auffassungsgabe. Seine Lehrer liebten ihn, und als die Zeit der Berufswahl kam, ermutigten sie ihn, einen Weg einzuschlagen, der ihm Gelegenheit gab, seine künstlerische Begabung in schöpferischer Weise anzuwenden. Er entschloss sich, Bildhauer zu werden. Der Vater allerdings wollte nichts davon wissen.

„Ach was, das ist doch kein Beruf für dich. Du wirst doch wohl dein Leben lang keine Grabsteine meißeln wollen."

„Aber Vater", entgegnete Werner lachend, „man macht doch als Bildhauer nicht nur Grabsteine. Du kannst dir gar nicht denken, wie viel Möglichkeiten dieser Beruf bietet."

Der Vater aber war mehr für ein „nahrhaftes" Gewerbe. Herbert, der Älteste, würde einmal das väterliche Geschäft übernehmen. Konnte Werner nicht ebenso gut eine Bäckerei oder etwas Ähnliches aufmachen? – Schließlich war er einverstanden, dass der Sohn die Technische Hochschule besuchte. Werner fand sich in den ihm dort gewiesenen Bahnen spielend zurecht und galt bald für den hoffnungsvollsten Schüler seiner Klasse.

In seinem allem Wahren und Edlen geöffneten Herzen war kein Raum für Oberflächlichkeiten. So tat er nicht mit, wenn seine Kameraden ein leichtfertiges Liebesspiel mit den Mädchen der Stadt trieben, obgleich sie ihn dieserhalb weidlich verlachten. Mit neunzehn Jahren lernte er Isolde Konter kennen, das Mädchen, das ihm zum Verhängnis wurde. – Er war gewöhnt, bisher alles mit seiner Mutter zu besprechen, und teilte ihr auch jetzt in unberührter Offenheit und herzlichem Vertrauen dieses Erleben, das erste auf diesem Gebiet, mit. Ergriffen und zugleich dankbar ob des Sohnes Vertrauen, blickte ihm Frau Mechthild in die Augen.

„Isolde Konter", sagte sie. „Ich kenne sie nur wenig." Sie war mit ihren Eltern erst vor kurzem nach Gummersteinbach, wo ihr Vater zum Bürgermeister gewählt wurde, gekommen.

„Es ist ein Mädchen, das mir schon gefallen würde", fuhr Frau Mechthild fort. „Nur scheint es mir, ihr beide seid noch reichlich jung. Lernt euch erst richtig kennen und seht, ob ihr zueinander passt. Du musst dir vor allem darüber klar sein, ob euer Inneres aufeinander abgestimmt ist. Nichts ist so hart, als wenn man zu spät erkennt, dass man nicht füreinander bestimmt war."

Werner hatte damals seiner Mutter still zugehört und plötzlich war auch über ihn das Erkennen gekommen, dass die Mutter einen solch harten Weg der inneren Einsamkeit an der Seite des Vaters hatte gehen müssen. Oft genug waren die großen inneren Gegensätze gewaltig hervorgetreten, wenngleich es eigentlich nie zu unliebsamen Szenen zwischen den Eltern gekommen war. Und er hatte an jenem Tage, da er ihr das Bekenntnis seines Herzens abgelegt, die Arme um die Mutter geschlungen und ihr versprochen: „Ja, ich will Isolde kennen lernen, aber glaube mir, sie gehört zu den Menschen, in denen man sich nicht täuscht."

Und dann hatte eine Zeit begonnen, die dem jungen Werner wie ein einziger Frühlingstag, angefüllt mit Sonnenschein, Blütenduft und Vogelsang, vorgekommen war. Isolde, die lebensfrohe, bildschöne Tochter

16

des Bürgermeisters, schien die Neigung des jungen Studenten zu erwidern. Sooft er die Ferien in der Heimat zubrachte, verlebten sie zusammen Stunden ungetrübter Freude. Sie durchstreiften gemeinsam die Wälder, unternahmen Kahnfahrten auf dem ausgedehnten Parksee, liefen im Winter Ski und Schlittschuhe und hatten so Gelegenheit, sich kennen zu lernen. Und Mutters feines Verständnis nahm dem Zusammensein der beiden jungen Menschen jeden Gedanken versteckter Heimlichkeit. Sie wusste, Werner würde ihr auch weiterhin sein Vertrauen schenken.

Der Vater sah mit Missfallen auf diese Verbindung. „So ein Grünschnabel will schon an ein Verhältnis denken", schimpfte er. Frau Mechthild überbrückte. „Vater, es besteht noch kein Verhältnis zwischen den beiden. Bis jetzt verpflichtet sie kein bindendes Wort. Ich meine, es ist nur gut, wenn wir ihnen Gelegenheit geben, sich kennen zu lernen."

„Und was wird wohl in der Stadt darüber gesprochen werden?"

Da hatte sie ihm ruhig geantwortet: „Das Vertrauen unseres Sohnes, der nichts hinter unserem Rücken tut, sondern offen und frei mit mir über sein Vorhaben gesprochen hat, muss uns mehr wert sein als ein Stadtgespräch, verbreitet von niedrig denkenden Menschen, denn ein vornehmer Charakter wittert nicht hinter allem irgendetwas Unsauberes."

Und dann kam Werner eines Tages glückstrahlend, seiner Sache gewiss, zu ihr. „Mutter, noch ein Vierteljahr, und dann bin ich fertig. Gleich nach der Schulprüfung gehe ich zu Isoldes Vater, um mit ihm zu sprechen. Einer Anstellung bin ich gewiss. In ein paar Jahren können wir heiraten."

Und Frau Mechthild war es gewesen, als werde sie um Jahre zurückgeführt. Sie sah sich mit dem Jugendfreund am Rande des reifen Kornfeldes und empfand ganz deutlich die Seligkeit jenes Augenblicks, da ihre Herzen in scheuer, heimlicher Liebe zueinander strebten. Und nun stand Werner, ihr Sohn, der ihr in seinem Wesen glich wie keines ihrer Kinder, mitten in diesem großen Erleben erster Liebe, das Herz voll glückseliger Hoffnung. Er ließ sie teilnehmen an seinem Glück, wie es nur da möglich ist, wo Mutter und Sohn in einem vollkommen ungetrübten Verhältnis zueinander stehen. Ihre Augen füllten sich mit Tränen. Alle Empfindungen ihres Herzens fasste sie in die wenigen Worte: „Mein Junge, mein lieber Junge!", zog seinen Kopf zu sich herab und küsste ihn innig auf die Stirne.

Das Vierteljahr war vergangen. Werner hatte sein Examen mit Auszeichnung bestanden. Und nun ging es heim, nach Hause, wo ihn das Glück erwartete.

Und nun war das Unfassliche geschehen. Isolde, die ihm sonst stets mit vertrauender Herzlichkeit begegnet war, ließ sich tagelang nicht blicken und zeigte sich keineswegs erfreut, als Werner ihr in einem Brief seinen Besuch in ihrem Elternhaus in Aussicht stellte. War das Isolde, seine Isolde, die ihm so schrieb: „Warte noch, ehe du mit meinem Vater sprichst. Du darfst es dir nicht so leicht vorstellen und musst verstehen, dass mein Vater gewisse Vorurteile zu überwinden hat. Es ist ja schließlich auch begreiflich, dass er wünscht, seine einzige Tochter standesgemäß zu verheiraten."

Werner begriff nicht gleich. Standesgemäß? – Wie, hatte er vielleicht einen Beruf, dessen er sich schämen musste? Hatte er seine Zeit auf der Hochschule nicht mit fleißigem Studium ausgenutzt? Bewies das mit „sehr gut" bestandene Examen nicht, dass er sein Ziel erreicht hatte? Er würde fähig sein, seiner zukünftigen Frau ein behagliches Heim zu bieten und gut für sie zu sorgen. – Standesgemäß? – Ja, sollte es den Herrn Bürgermeister stören, dass er der Sohn des Metzgermeisters Gersbach war, beheimatet in dem schmucklosen Haus am Marktplatz, in dem die Frau Bürgermeister durch ihr Dienstmädchen ihre Fleischeinkäufe besorgen ließ? Heiß stieg ihm die Röte ins Gesicht. Aber Isolde, nein, sie konnte nicht so denken. Die Erinnerung an viele glückerfüllte Stunden, die sie gemeinsam erlebt, bürgte ihm dafür. Wenn sie nur gekommen wäre, um mit ihm über alles zu sprechen. Mit einem einzigen Wort hätte sie die aufgetauchten bangen Zweifel zerstreuen können.

Aber sie kam nicht. Stattdessen brachte der Briefträger eine Verlobungsanzeige. Auf feinem Büttenpapier stand vereint mit dem Namen des jungen Rechtsanwalts, der sich vor einigen Monaten im Städtchen niedergelassen hatte, derjenige Isoldes. Das erklärte natürlich alles. Aber genügte diese Erklärung? In Werner Gersbach, der nie mit einem Mädchen ein leichtfertiges Spiel getrieben hatte, schien etwas zerstört zu sein, etwas, was der Reichtum seines Innenlebens war. Zu tief hatte ihn dieser Schlag getroffen. – Der Vater hatte Recht gehabt. Natürlich war ein Gerede aus der Sache geworden. Es hätte keine Kleinstadt sein müssen.

„Was sagt ihr von Isolde Konter und Werner Gersbach? Die Sache ist aus. Sie hat ihm einen schönen Streich gespielt. Verlobt sich mit dem Rechtsanwalt. Die Hochzeit soll schon bald stattfinden. Der Gersbach kann einem Leid tun. Ist ein netter Mensch."

„Was, Leid tun? Geschieht ihm ganz recht, diesem eingebildeten Jüngling, diesem hochmütigen! Genauso wie seine Mutter, immer zurückhaltend, immer vornehm. Ich möchte nur wissen, worauf der sich was einbildet."

Ja, die meisten der Gummersteinbacher Mädchen dachten so. Bis auf wenige Ausnahmen waren sie alle der Meinung, dass es dem jungen Gersbach ganz recht geschähe, so reingefallen zu sein. Längst war es ihnen ein Ärgernis gewesen, dass er sich um keine von ihnen gekümmert und die Bürgermeisterstochter, die nicht einmal aus dem Ort war, ihnen vorgezogen hatte. Sie gönnten ihm diese Blamage in ungefälschter Schadenfreude. Gleichzeitig aber gaben sie sich neuen Hoffnungen hin, sahen Möglichkeiten vor sich erstehen und überlegten, was sie tun könnten, um die Aufmerksamkeit des eben noch Geschmähten auf sich zu lenken. Das Unwürdige ihrer Gesinnung kam anscheinend keiner von ihnen zum Bewusstsein.

Da war vor allem Susanne Renkler, ein Mädchen von einundzwanzig Jahren, das schon manches kleine Abenteuer hinter sich hatte, die sich mit Werner Gersbachs Angelegenheit lebhaft beschäftigte. Ihr Leichtsinn war stadtbekannt. Bereits im letzten Schuljahr hatte sie ein Verhältnis mit einem jungen Burschen aus einem Wanderzirkus und verließ heimlich mit seiner

20

Truppe die Stadt. Die Polizei brachte sie in ihr Elternhaus zurück, in dem sie allerdings ebenfalls von wenig guten Einflüssen umgeben war. Die Mutter lebte mit ihrem zweiten Mann in ewigem Streit, nachdem sie vom ersten geschieden war. Auch der zweite verließ sie später.

Susanne Renkler hatte bis zu ihrem zwanzigsten Lebensjahr eine ganze Reihe von Liebschaften gehabt, war längere Zeit auch in einer größeren Stadt in Stellung gewesen – böse Mäuler behaupteten, in einer Frauenklinik – und lebte seit zwei Jahren wieder bei ihrer Mutter. In einem Parfümerie- und Seifengeschäft hatte sie Anstellung als Verkäuferin gefunden. Ihr neues Ziel war Werner Gersbach, und es war erstaunlich, mit welcher Zähigkeit sie dieses Ziel verfolgte. Jedes Mittel war ihr recht. Ihre saubere Mutter war ihr hierbei die beste Lehrmeisterin.

Susanne Renkler kreuzte unauffällig immer wieder Werner Gersbachs Weg, tauchte plötzlich in dem benachbarten Städtchen, in dem er Anstellung gefunden hatte, auf, traf ihn, ganz zufällig natürlich, auf der Straße, bat ihn harmlos um Auskunft in dem ihr unbekannten Stadtviertel, war kein bisschen aufdringlich und verließ ihn höflich dankend, nachdem er ihr Auskunft gegeben hatte. Wie konnte er ahnen, dass sie, um die nächste Ecke gebogen, nach einer ganz anderen Richtung davonlief, siegesbewusst lächelnd, dass ihre List gelungen war. Sie hatte Erfahrung auf diesem Gebiet. Ein anderes Mal begegnete sie ihm im Wald, den er häufig, nun aber allein, aufsuchte, wenn er über Sonntag nach Hause kam. Freundlich grüßend ging sie an ihm vorüber und vertiefte sich wieder in das Buch, in dem es sich auf den stillen Waldwegen so herrlich las, selbst wenn man es so verkehrt in der Hand hielt, dass die Buchstaben auf dem Kopf standen. Ja sie, Susanne Renkler, wusste Bescheid. Männer wie Werner Gersbach waren nicht mit Koketterie zu fangen. Man machte viel größeren Eindruck auf sie, wenn man ihnen mit fraulicher Besinnlichkeit begegnete. Wenn ihre Gedankengänge auch oft noch so unlogisch waren, hier war alles bei ihr Berechnung.

Werner Gersbach hatte bisher keinerlei Notiz von dem Mädchen genommen. Ihr plötzliches Auftauchen da und dort war ihm kaum aufgefallen. Nie kam ihm auch nur im Entferntesten der Gedanke, dass dieses Treffen ein gewolltes sein könnte. In ein längeres Gespräch ließ er sich zum ersten Mal mit ihr ein, als sie eines Sonntagabends eine Strecke mit ihm in der Bahn fuhr. Sie plauderte über dies und jenes und erzählte ihm, dass sie zu einer erkrankten Verwandten fahre, um sie zu pflegen. In rührenden Worten schilderte sie deren Einsamkeit.

„Man kann doch die Arme nicht allein lassen", sagte sie und blickte Werner dabei so treuherzig an, dass ihm niemals der Gedanke gekommen wäre, die ganze Sache sei erfunden. Allerdings machte das parfümduftende Mädchen mit den wasserhellen, leeren Augen und den stark gelockten, unwahrscheinlich blonden Haaren, mit ihren üppigen Körperformen nicht im Geringsten Eindruck auf ihn. Geradezu lächerlich, daran zu denken, dass diese etwa einmal den Platz ausfüllen solle, den eine Isolde Konter eingenommen hatte. Aber er fand es nett von ihr, dass sie sich der einsamen Verwandten annahm, und dachte, sie sei vielleicht doch nicht ganz so schlecht wie die üblen Gerüchte, die sich im Laufe der Jahre im Städtchen über sie verbreitet hatten und auch an sein Ohr gedrungen waren. Das Mädchen plauderte harmlos weiter. „Ich interessiere mich überhaupt für Krankenpflege und habe mich schon öfters mit dem Gedanken befasst, Krankenschwester zu werden. Es ist doch etwas Schönes, leidenden Menschen zu helfen."

Werner stimmte ihr zu, obgleich er sich nicht gut vorstellen konnte, wie sich dieses Mädchen mit den geschminkten Lippen an einem Krankenbett ausnehmen würde. Aber was gingen ihn schließlich ihre Zukunftspläne an?

„Sie sehen aber auch nicht gerade gut aus", fuhr Susanne fort und sah ihn teilnahmsvoll an.

Das Gespräch begann ihm lästig zu werden. Fast unfreundlich winkte er ab. „Das hat überhaupt nichts zu bedeuten."

Da seufzte das Mädchen: „Kein Wunder, wenn man so viel durchgemacht hat."

Als Werner keine Antwort gab, schwieg auch sie, verabschiedete sich an der nächsten Haltestelle freundlich und verließ den Zug. Nein, sie war keinesfalls ungeduldig. Sie konnte warten. Eines Tages, daran glaubte sie fest, würde sie ihr Ziel doch erreichen.

So vergingen zwei Jahre, in denen Susanne es immer wieder einzurichten wusste, Werner Gersbach zu treffen. Ihre Berechnungen hätten sie aber kaum zum gewünschten Ziele geführt, wenn ihr die Umstände eines Sommertages nicht behilflich gewesen wären.

Gewitterschwüle hing über den Bergen. Unbeweglich, heiß und drückend lag die Luft über dem Land. Werner Gersbach hatte es zu Hause nicht mehr ausgehalten. Der Vater, der von einer ausgedehnten Sitzung in seinem Stammlokal nach Hause gekommen war, hatte ein Gespräch über Werners Zukunft erzwingen wollen.

„Du musst doch nun bald wissen, wo du dich auf die Dauer festsetzen willst, musst ans Heiraten denken und dir ein Ziel stecken." Sein Atem war alkoholgetränkt, die Augen glänzten unnatürlich. In Werner stieg ein Ekel hoch. Die Mutter saß dabei. Angst sprach aus ihren Augen. Ihre Hände zitterten leise. – Da hatte Werner es nicht länger ausgehalten. Er war in den Wald gestürmt. Sie sollten ihn in Ruhe lassen. Er musste sich selbst seinen Weg suchen. Was konnte er dafür, dass er die Sache mit Isolde noch immer nicht verwunden hatte? Er kam nun einmal nicht los davon. Aber es sollte ihn niemand zwingen wollen, darüber zu sprechen. Die ganze Not war an jenem Sonntag mit neuer Gewalt über ihn hereingebrochen. Wie mit Fäusten hatte sie auf ihn eingeschlagen. Und hier war er mit Isolde zusammen gewesen. Jener stille Waldweg wusste davon zu erzählen, war ein Zeuge jener seligen Zeit, und alles war Betrug gewesen, nichtswürdiger Betrug. Ha, warum wurde er nicht fertig damit? War sie es wert, dass er jahrelang darunter litt, dass er innerlich daran zugrunde ging? War er nicht Manns genug, sich kraftvoll über dieses Erlebnis hinwegzusetzen? Warum war es ihm nicht gegeben, wie andere mit einem großen Schritt über eine solche Angelegenheit hinwegzugehen, leicht und lächelnd, nach einem neuen Glück zu greifen und darüber das Vergangene zu vergessen?

So rannte Werner durch den schwülen Nachmittag. Selbst der Wald spendete heute keine erfrischende Kühle. Es knackte und knisterte ganz unheimlich in den Zweigen, als brenne da bereits ein unsichtbares Feuer. Und dann war ein schweres Gewitter losgebrochen. Nie vorher hatte Werner ein solches erlebt. Es war, als ob alle Naturgewalten entfesselt wären. Ein Brausen, ein Toben, ein Krachen und Splittern erfüllte die Luft, die von grellen Blitzen durchschnitten wurde. Zuerst meinte Werner, es im Walde aushalten zu können, aber es wurde schier unerträglich. So hatte er sich in ein Waldrestaurant geflüchtet, wo viele Spaziergänger und Ausflügler bereits vor dem Unwetter Schutz gesucht hatten. Lachende Menschen füllten die Räume. Ein Streichorchester sorgte für musikalische Unterhaltung, in einem Nebenraum wurde getanzt, Kellner eilten geschäftig hin und her. Draußen tobte das Wetter weiter. Hinten im Saale fand Werner Gersbach noch einen Platz. – Draußen fuhr ein Auto vor. Ein junges Paar entstieg ihm und suchte hier ebenfalls Schutz vor dem Gewitter, Isolde mit ihrem Gatten. Lachend, mit geröteten Wangen, in einem eleganten Kleid, zierlich und schlank schritt sie neben dem Rechtsanwalt durch den Raum. Werner Gersbach spürte, wie ihm das Blut aus dem Gesicht wich. Wenn sie ihn nur nicht entdeckte. Mußte ein Zusammentreffen mit ihm ihr nicht ebenfalls höchst unangenehm und peinlich sein? Jetzt richtete sie ihre Augen auf ihn, und lächelnd, mit leisem Neigen ihres Hauptes, ging sie vorüber.

In diesem Augenblick stand wie aus der Erde gewachsen Susanne Renkler vor ihm. Auch sie hatte Isolde gesehen, hatte den entsetzten Ausdruck auf Werners Gesicht wahrgenommen und empfand mehr instinktiv denn bewusst, dass jetzt der lang ersehnte Augenblick für sie gekommen sei.

„Herr Gersbach", sagte sie leise und streckte ihm beide Hände entgegen. Über ihn aber kam es wie ein Rausch, wie ein Fieber. Er kannte plötzlich nur ein Verlangen, Isolde, der Verräterin, der Treulosen, zu beweisen, dass er ihr keinesfalls nachtraure, dass sie ihm vollkommen gleichgültig sei, und laut, damit Isolde, die mit ihrem Manne nicht weit von seinem Tisch einen Platz gefunden hatte, es höre, rief er: „Großartig, Susanne, das ist ja prachtvoll, dass du hier bist! Komm, setz dich zu mir!" Er zog das Mädchen an sich und tat zärtlich mit ihr in dem geradezu krankhaften Wahn, sich damit an Isolde zu rächen. Mit keinem Gedanken kümmerte er sich darum, in welch üblen Ruf er sich brachte, wenn man ihn mit diesem Mädchen sah. Es war ihm alles gleich. Ein Taumel hatte ihn erfasst. Siehst du, Isolde, stolze, falsche Isolde, ich mache mir nichts aus dir. Ein leichtes Mädchen ist mir lieber, als du mir je warst. Ja, blicke nur herüber, es ist so. Sein Gesicht war entstellt, er versuchte zu lachen, ein Grinsen wurde daraus.

Susanne war klug genug, die Spannung in Werners Innerem zu fühlen, und nahm sofort die Gelegenheit wahr. Sie schmiegte sich in seine Arme und flüsterte ihm in aufwallender Zärtlichkeit zu: „Endlich, endlich, wie habe ich diesen Augenblick herbeigesehnt!"

26

Werner hatte inzwischen reichlich Wein getrunken und sich in immer stärkere Erregung versetzt. Der Gedanke, dass Isolde ihn mit Susanne sehen musste, bereitete ihm eine merkwürdige, qualvolle Genugtuung. – Susanne wollte tanzen. Er führte sie an Isoldes Tisch vorbei zur Tanzdiele, riss sie in wild aufflammender Leidenschaft an sich und tauchte mit ihr zwischen den tanzenden Paaren unter.

Das Gewitter hatte nachgelassen. Wie befreit atmete die Natur auf, erlöst von dem Druck unerträglicher Schwüle. Langsam leerte sich das Restaurant. Die Menschen strömten hinaus in die erfrischende, klare Luft des Waldes. Wie herrlich atmete es sich nach dem Gewitter, das trotz Sturm und machtvollem Getöse belebend und reinigend gewirkt hatte. Auch Isolde und ihr Mann waren weitergefahren.

Werner Gersbach aber saß noch immer bei dem Mädchen. In unnatürlichem Glanz flackerten seine Augen, während er Susanne in wilder Gier an sich presste. Er hatte die Gewalt über sich verloren. Sie aber triumphierte. Ihr Ziel war erreicht!

Ein halbes Jahr später war es, an einem Sonnabendnachmittag. Frau Mechthild war im Laden, der sich gegen Abend immer mehr füllte. Sie konnte den vielen Wünschen kaum schnell genug nachkommen. Dazwischen schrillte das Telefon. Dann war ihre Tochter Lore von der Krankenkasse gekommen und konnte ihr behilflich sein. Und nun hatten beide vollauf zu tun, die Wünsche der Kundschaft zu befriedigen.

Etwa eine halbe Stunde vor Ladenschluss hatte eine

Frau den Laden betreten, mittelgroß, mit kurz geschnittenem Haar, das ihr wirr um den Kopf stand. Sie trug ein weit ausgeschnittenes, hell geblümtes Kleid ohne Ärmel und eine dicke, billige Kette um den vollen Hals. Die ganze Aufmachung war liederlich und machte einen widerlichen Eindruck. Die Frau warf herausfordernd kecke Blicke um sich und sorgte dafür, dass jeder von ihrem Dasein Kenntnis nahm.

Lore Gersbach wandte sich an sie. „Und was darf ich Ihnen geben, Frau Renkler?"

Laut und sehr betont antwortete die Angeredete: „Mir brauchen Sie nichts zu geben. Ich habe mit Ihrer Mutter zu sprechen."

Und als Frau Mechthild sie fragend anblickte, fuhr sie fort: „Nicht jetzt, Frau Gersbach, es wird Ihnen lieber sein, wenn ich warte, bis die Kundschaft sich verzogen hat."

Ei, wie die Köpfe herumflogen, wie die Neugierde allen in den Augen stand! Geradezu greifbar wurden die Gedanken.

... Nanu, nanu, was haben die miteinander? ... ausgerechnet Frau Renkler! ... Die Sache hat bestimmt einen Haken ... Wer doch dabei sein und zuhören könnte...

Frau Mechthild aber spürte etwas Dunkles auf sich zukommen. Was wollte diese Frau, deren Stimme einen so bösen, aufdringlichen Klang hatte? Warum stand sie so unheimlich, so drohend dort an der Wand? Eine unheimliche, beängstigende Atmosphäre füllte immer mehr den Raum und legte sich Frau Mechthild aufs Herz, deren Hände zitternd das Fleisch wogen.

Endlich war auch der letzte Käufer gegangen. Auch Lore hatte den Laden verlassen. Einen Augenblick standen die Frauen sich schweigend gegenüber. Auge in Auge. Dann begann die im geblümten Kleid: „Wissen Sie schon, dass meine Susanne ein – ein Kind erwartet?" Sie machte eine Pause. Die Wirkung ihrer Worte durfte ihr nicht entgehen. Frau Mechthild schwieg. Sie wusste nicht, was sie mit dieser Nachricht zu tun hatte, aber sie harrte nicht ohne Angst auf das Weitere. Wie eine Gewissheit kam es über sie, dass die Frau hierher gekommen war, um eine Genugtuung zu erleben. – „Und wissen Sie auch, dass Ihr Sohn der Vater von dem Kind ist?"

„Mein – mein Sohn? – Aber Herbert ist doch schon lange in Düsseldorf." Totenblass war Frau Mechthild geworden.

„Wer spricht denn von Herbert? Ich meine Werner."

„Werner? Frau – Frau Renkler – ich muss doch sehr bitten! Sie – Sie wissen nicht – was Sie reden. Das ist eine Verleumdung, eine ganz niedere, schmutzige – –"

Die andere unterbrach sie fast schreiend. „Also bitte sehr, keine Beleidigung; wenn Sie glauben, dass Ihr Herr Sohn zu vornehm dazu ist, so fragen Sie mein Suschen, die kann Ihnen genau Ort und Stunde angeben, jawohl! Aber Gott im Himmel, Frau Gersbach –" Sie sprang hinzu, um die halb Ohnmächtige zu stützen. „Deswegen brauchen Sie doch nicht ..."

Aber Werners Mutter hatte sich schon wieder in der Gewalt. „Es ist schon vorüber. Bitte gehen Sie jetzt. Ich werde mit meinem Sohn sprechen."

Und die Frau hatte kein weiteres Wort erwidert und

war gegangen. War es das totenblasse, schmerzentstellte Antlitz der Mutter gewesen, das ihr den Mund verschlossen und sie vertrieben hatte?

Frau Mechthild lehnte an den kalten Steinplatten der Wand. Was hatte dieses Weib zu behaupten gewagt? – Werner, ihr sauberer, stolzer, reiner Sohn. Werner und Susanne Renkler, dieses stadtbekannte, leichtsinnige Ding, diese Dirne! Ausgeschlossen, niemals! Das war eine ganz niederträchtige Behauptung von dieser Frau. Wie kam sie denn dazu, diesen Brand in ihr Haus zu schleudern?

Werner? – Unmöglich. Aber war er nicht schon längere Zeit so merkwürdig verändert? Mein Gott, es würden doch nicht wirklich Zusammenhänge bestehen! Und warum hatte er sich seit Wochen nicht mehr zu Hause sehen lassen? Sollte doch? Unmöglich!

Und dann war das Unfassliche doch Wahrheit gewesen. Werner Gersbach war der Vater des Kindes, das Susanne Renkler unter dem Herzen trug.

Am nächsten Tag, also am Sonntag, war Frau Mechthild zu ihrem Sohn gereist. Es hielt sie nicht länger, seit die Frau ihr diese schreckliche Nachricht ins Gesicht geschleudert hatte.

Und dann stand sie im Zimmer ihres Sohnes ihm gegenüber. Noch immer war sie eine stattliche, schöne Frau. Die wenigsten ahnten etwas von den Lasten, die sie trug. Und ihr Sohn hatte diese um noch eine weitere Bürde vermehrt. Aber tragen nicht Tausende von Müttern unsichtbare Lasten, manche noch weit schwerere?

„Ist es wahr, was mir Frau Renkler von dir und – und ihrer Tochter gesagt hat?"

Nichts von hartem Vorwurf, von verurteilender Strenge, nichts, nichts davon. Nur dass sie litt, unsagbar litt, mit ihm, der unglücklich und von Schuld gezeichnet vor ihr stand, das trat deutlich zutage, und es bedurfte nicht erst seiner Antwort. Auf dem Gesicht ihres Sohnes war Verzweiflung geschrieben. Was nützten hier Vorwürfe? Sie streckte ihm ihre Hände entgegen, die Hände, die einen harten Kampf der Arbeit und Mühe um ihre Kinder gekämpft hatten und noch kämpften. „Ach mein Junge, warum hast du mir das angetan?"

Er aber schrie auf: „Geh, Mutter, geh, und lass mich allein!"

Aber sie war nicht gegangen. Still hatte sie sich zu ihm gesetzt. Er sollte wissen, sie war da. Und ihr stilles Warten war nicht vergebens gewesen. Mit unruhigem Drängen und mit Vorwürfen hätte sie nichts erreicht. Er war keiner von denen, die in sich dringen ließen. Wem er vertraute, dem öffnete er sich selbst. Und war die Mutter nicht stets seine Vertraute gewesen?

Lange saßen sie schweigend beisammen. Er hatte stöhnend den Kopf in die Hände vergraben. Und dann gewährte er ihr Einblick in seine Verzweiflung.

„Und wenn es auch so ist, Mutter, ich kann sie nicht heiraten, ich kann nicht! Ich weiß, es ist schlecht, gemein, erbärmlich, aber ich kann nicht, Mutter. Susanne und meine Frau! Ich weiß, es gibt keine Rechtfertigung für meine Handlung, es ist lächerlich, wenn ich sage, dass ich krank war, meiner Sinne nicht mehr mächtig, dass das Weh um Isolde mir den Verstand geraubt hatte, und sie, diese – diese – aber nein, nie kann ich sie beschimpfen, sie, die Mutter meines Kindes sein wird. Aber es ist so, sie hat meinen Zustand erkannt und ihn mit List ausgenutzt. Glaube mir, Mutter, es waren Wochen, in denen ich jegliche Macht über mich verloren hatte, und sie kam immer wieder. Aber mich, mich trifft allein die Schuld, und ich weiß, ich müsste sie heiraten, müsste die Mutter meines Kindes zu meiner Gattin machen, wenn ich ein Ehrenmann wäre, aber ich bin es eben nicht, ich habe keine Ehre, keinen Charakter, nichts, nichts, o Mutter!"

Er legte den Kopf in die Arme und weinte. Und Mutterhände senkten sich auf sein Haupt, Mutterhände, die bereit waren, mit dem irrenden Kind Lasten zu tragen, Mutterhände, denen übermenschliche Kraft verliehen war, weil sie Liebe gaben.

Einen Ausweg hatte Frau Mechthild in dieser Stunde nicht gesehen. Nur eines wusste sie: Sie würde das Kind ihres Sohnes zu sich nehmen, sie würde es nicht in jenem Hause lassen, wo es von Unreinheit und Laster umgeben war. Das Kind ihres Sohnes. – Werner war nicht schlecht. Er gehörte nicht zu denen, die leichtfertig ein Mädchen ins Unglück stürzen und glauben, ihrer Pflicht genügt zu haben, wenn sie es ausbezahlten oder den geringsten Versorgungspflichten für das Kind nachkämen. Es war ein Unglück, unter dem er zeit seines Lebens leiden würde. Und wie hatte sie sich als Mutter dieser Sache gegenüber zu verhalten? War es nicht ihre Pflicht, von ihm zu fordern, dass er das Mädchen heiratete? Hätte sie es nicht verlangt, wenn es einer ihrer Töchter so ergangen wäre? Aber würde nicht ein noch viel größeres Unglück daraus entstehen?

Als Frau Mechthild an jenem Abend spät durch die engen Gässchen der kleinen Stadt zum Bahnhof schritt, war es ihr, als ob die Hauptberufung ihres Lebens sei, Lasten zu tragen, und es wollte für einen Augenblick ein Gefühl namenloser Schwäche über sie kommen. „Ich kann nicht mehr!" Sollte es denn gar nie aufhören? Wie hatte sie die Zeit herbeigesehnt, da die Kinder groß sein würden, und sie, die ihr Leben lang ein so starkes Anlehnungsbedürfnis gehabt hatte, bei ihnen Kraft und Halt holen könnte! Sollte auch diese Hoffnung getrogen haben?

Wie müde war sie bereits damals gewesen, zum Umsinken müde vom Lastentragen.

Das war die Schuld, die über dem Leben Werner Gersbachs lag. Er, der das Gute und Reine über alles liebte, hatte in jener Zeit, da die Verzweiflung über ihn kam, weil er an einer Frau irre geworden war, die Gewalt über sich verloren und eine Schuld auf sich geladen, die er nie mehr los wurde.

Oder war es vielleicht keine Schuld? Ha, er wusste gut, wie andere darüber dachten. Er wusste, dass sie die Achseln über ihn zuckten und ihn als Pedanten, als Rückständigen belächelten. Schuld? Lächerlich! Da müssten viele Schuldige über den Erdboden gehen. Gewiss, es war unangenehm, aber man bezahlte eben und hatte damit seine Pflicht getan. Deswegen würde man sich doch nicht sein Leben lang mit Selbstvorwürfen peinigen. Liebe Zeit, Tausende setzten sich über solche Erlebnisse hinweg. Wer wollte das so tragisch nehmen?

Für ihn aber blieb es Schuld, nichts als Schuld. War es

vielleicht etwas anderes, wenn man Vater eines Kindes wurde, dem man nicht einmal das Selbstverständlichste, was es vom Leben erwarten konnte, zu bieten imstande war, Elternliebe und Familienleben? Musste das Kind nicht die, die ihm das Leben gegeben hatten, verachten, verfluchen? Und war es nicht gleichfalls Schuld, die er auf sich geladen hatte, indem er das Mädchen begehrte und nahm, ohne es achten zu können, und ihr aus diesem Grund, obgleich sie Mutter seines Kindes war, nicht das Recht einräumen konnte, seine Frau zu werden? Schuld, wohin er blickte, mochten es andere nennen, wie sie es wollten.

Als Susanne Renkler erkannte, dass all ihr Bemühen vergeblich gewesen war, dass sie nicht einmal die Geliebte des Werner Gersbach, geschweige seine Frau sein werde, verwandelte sich das, was sie für ihn empfunden hatte, in Hass, der sich auch auf das Kind übertrug, noch bevor es geboren war. Die Tatsache, dass sie Mutter werden sollte, hatte sie gleichmütig hingenommen in der Hoffnung auf die Bindung, die dadurch zustande kommen musste. Leidenschaftliche Begehrlichkeit hatten das Erhabenste, was eine Frau besitzt, das mütterliche Empfinden, in ihr begraben, wenn nicht gar zerstört, und nun, da sie sich von Werner Gersbach betrogen fühlte, verwünschte sie sein Kind, das in ihr dem Leben entgegenschlummerte. Was sollte sie mit einer solchen Last? Nichts anderes würde es für sie bedeuten. Armes, kleines Geschöpfchen, Lieblosigkeit umgibt dich überall, noch bevor du das Licht der Welt erblickt hast.

Und eines Tages war Susannes Mutter wieder zu Frau

Mechthild gekommen, vorwurfsvoll und Vergeltung heischend.

„Das Kind ist da. Ein Mädel ist's. Schreckliches hat meine Tochter durchgemacht. Und was soll nun daraus werden?"

„Ich nehme das Kind zu mir, mein Enkelkind. Heute Nachmittag komme ich, um nach Susanne zu sehen. Hier, hier ist Fleisch. Kochen Sie ihr eine kräftige Suppe, und hier ist Geld. Kaufen Sie Wein und Eier für sie." So hatte Frau Mechthild gesprochen.

Sobald sie sich frei machen konnte, war sie in das Haus gegangen, wo das Mädchen wohnte, dessen leichtsinniges Leben stadtbekannt war, die Mutter ihres Enkelkindes. O Werner!

In einem Waschkorb lag das Kind. Frau Mechthild hatte sich über das kleine Köpfchen gebeugt und eine Träne war darauf gefallen.

Susanne aber hatte mit bitterbösem Gesicht in ihrem Bett gelegen, ohne Freude an ihrem Kind. Eine Mutter, die doch keine war. Dann waren die beiden Frauen Renkler sich plötzlich merkwürdig einig, das Kind nicht so ohne weiteres herzugeben, und hatten von einer Abfindungssumme gesprochen, als handle es sich um die Abwicklung eines Geschäfts. Sehr schnell aber waren sie beruhigt, als Werner Gersbach einen größeren Betrag sandte, damit sich die Wöchnerin pflegen könne.

So war Helga, Werner Gersbachs kleine Tochter, in das Haus der Großeltern gekommen. Bei ihrem Manne war Mechthild auf gewaltigen Widerstand gestoßen, als sie das Kind gebracht hatte. Er stand ebenfalls auf dem

Standpunkt, dass sein Sohn seine Pflicht erfüllt habe, wenn er für die Kleine zahle. Für alles andere sei die Mutter da. Frau Mechthild aber hatte sich durchgesetzt.

„Es laufen genug unglückliche, uneheliche Kinder durch die Welt. Wir wollen das Elend nicht auch noch vergrößern."

Die kleine Helga war im weißen Hause am Marktplatz geblieben. Ein kleines, heimatloses Vöglein hatte ein Nest gefunden. Furchtbar war es, als der Arzt nach einiger Zeit feststellen musste, dass das Kind blind sei. Von da an kümmerte sich Susanne Renkler überhaupt nicht mehr um die Kleine. Was sollte sie mit einem blinden Kind? Es dauerte nicht lange, da hatte sie sich über die Enttäuschung mit Werner Gersbach hinweggesetzt. Auch dieser Fall war nur eine Nummer, die bereits wieder der Vergangenheit angehörte. Mit herausfordernder Dreistigkeit stolzierte sie am Arme eines neuen Freundes an dem Hause Gersbach vorbei.

Seht, ich bin gar nicht von eurem eingebildeten Sohn abhängig, Mädchen wie ich sind immer begehrt.

Ein Jahr später heiratete sie. Frau Mechthild glaubte ihrem Sohn einen Dienst zu erweisen, als sie ihn davon benachrichtigte. Er aber war auch dann noch nicht froh geworden. Das Dasein des kleinen Mädchens würde ihn immer an die unseligste Zeit seiner Jugendjahre erinnern. Er war nun einmal nicht fähig, sich über diese Tatsache hinwegzusetzen. Und wenn er daran dachte, dass zu allem dieses Kind noch unheilbar blind war, entsetzlich! Es war ihm klar, der Gedanke an Ehe und Familienglück musste für ihn abgetan sein. Welchem vornehm denkenden und charaktervollen Mädchen konnte er zumuten, die Frau eines Mannes zu werden, der ein Kind mit einer Frau wie Susanne hatte.

Und alles war die Folge jener unglückseligen Jugendtorheit. Torheit? Nein Schuld, Schuld im wahrsten Sinne des Wortes. Vor allem Schuld an dem armen Kinde. Susanne, die nach Lust und Laune ihre Beziehungen zu den Männern wechselte, verdiente kein Mitleid. Und doch, hätte sie eine Mutter gehabt, die sie in Reinheit und edlem Sinn erzogen hätte, sie wäre vielleicht nie so tief gesunken. Wie dankbar musste er seiner Mutter sein, dass sie sein Kind ins Haus genommen hatte, es aufzog und mit großmütterlicher Liebe umgab. Jeden Monat sandte er eine ausreichende Summe für Helga. Sie sollte nie Mangel leiden müssen. Aber sich dem Kind persönlich zu nähern, das brachte er nicht fertig. Sechs Jahre war er nun nicht zu Hause gewesen. Selbst als ihn die Nachricht erreichte, Susanne sei im zweiten Jahr ihrer Ehe an Lungentuberkulose gestorben, konnte er sich nicht entschließen, nach Hause zurückzukehren. Zu allem kam nun noch die quälende Sorge, ob das Kind nicht die Veranlagung zu der Krankheit der Mutter geerbt habe. Nein, Werner Gersbach konnte kein froher Mensch sein.

Vom Turm der Stiftskirche schlug es sechs Uhr. Noch immer war die Stadt erfüllt vom Rennen und Lärmen. Um sieben Uhr wurden die Geschäfte geschlossen. Die Verkäufer nahmen noch einmal einen Anlauf für die letzte Stunde. Ein anstrengender Tag lag hinter ihnen, die in unaufhörlicher Reihenfolge wie am laufenden Band versucht hatten, den vielseitigen Wünschen der Kundschaft nachzukommen. Nun waren sie zum Umsinken müde, und doch lag über diesen vorweihnachtlichen Tagen ein solch heller Glanz von Festfreude, dass die Arbeit allen viel leichter von der Hand ging.

Bis zum Hauptbahnhof hatte Werner Gersbach sich von dem Menschenstrom treiben lassen. Unschlüssig blieb er vor dem großen Portal des prächtigen Gebäudes stehen. Hier war erst recht kein Durchkommen. Mit Drängen und Schieben, mit Puffen und Zwängen bahnten die Leute sich ihren Weg. Überall aber blickte man in freudige Gesichter. In Scharen strömten die Menschen zum Bahnhof, schleppten Koffer und Pakete. Der Weihnachtsurlaub hatte für viele bereits begonnen, jetzt ging es heimwärts. Weihnachten muss man zu Hause feiern. Zu Hause, wo man als Kind den Heiligen Abend verlebt, wo man die ersten beglückenden Eindrücke vom Christbaum und Lichterglanz in sich aufgenommen hat und, auf dem Schoß der Mutter in geheimnisvoller Erregung am Fenster sitzend, auf das Kommen des Christkindes wartete.

Ein Mann trat dem unschlüssig dastehenden Werner Gersbach auf den Fuß. Er entschuldigte sich lachend. In seinen Augen war ein geradezu mitreißend wirkendes Leuchten. Er war so beladen, dass er kaum vorwärts kam. Auf seiner Schulter thronte ein mächtiges Schaukelpferd. In einer Hand trug er eine Puppenstube, in der anderen ein Kinderfahrrad. Unter dem einen Arm war ein großer Teddybär geklemmt, der bei jedem zweiten Schritt des Mannes ein wohlwollendes Gebrumm aus seinem Bauche ertönen ließ, und unter dem anderen

Arm hatte noch eine Aktenmappe Platz gefunden, aus der das grinsende Gesicht eines Hampelmannes und das eines niedlichen Püppchens hervorguckte. So etwas von Vaterfreude!

Die Vorübergehenden lächelten dem Mann verständnisinnig zu. Und wenn man während des ganzen Jahres keine Zeit finden würde, an seine Kindheit zurückzudenken, die Tage um Weihnachten haben's in sich. Da halten unbeholfene Männerhände zierliches Spielzeug, und müde Mütter beugen sich mit zärtlichem Lächeln über kleine Puppenbettchen. All dieses hervorgehend aus dem zwingenden Bedürfnis zu schenken, zu erfreuen, in der Zeit, da man sich des größten Geschenkes erinnert, mit dem die Welt je bedacht worden ist.

„Siehe, ich verkündige euch große Freude, die allem Volk widerfahren wird!"

Werner Gersbach stand noch immer vor dem Bahnhofsgebäude. Wie naheliegend wäre es doch einzutreten, am Schalter eine Karte zu lösen und über Weihnachten nach Hause zu fahren, den Heiligen Abend zu Hause zu verbringen. Der Mutter, das wusste er, könnte er keine größere Weihnachtsfreude bereiten. Lore, seine Schwester, hatte ihm mitgeteilt, dass die Mutter noch krank sei. In den vergangenen Jahren hatte er ein paarmal kurz und belanglos nach Hause geschrieben, nie aber von seinem persönlichen Ergehen berichtet. Wie sehr er sich auch nach seiner Mutter sehnte, es war ihm bisher nicht möglich gewesen, die Verbindung mit dem Elternhaus wiederherzustellen. Er hatte vor mehr als sechs Jahren einen Schlussstrich unter die Vergangenheit gezogen und musste, soweit das möglich war, allem, was immer wieder Erinnerungen aus jener unglücklichen Zeit in ihm wachrief, aus dem Wege gehen und daher auch das Vaterhaus meiden. Was ihm das bedeutete, ihm, der die Mutter unsagbar liebte, der Familienleben und häusliches Glück als Lebensreichtum höchster Art betrachtete – es war gut, dass es niemand wusste. Ja, er tat recht daran, wenn er fernblieb.

Als bedeute der Bahnhof, dessen viele Gleise alle der Heimat zuzustreben schienen, eine Versuchung für ihn, ging Werner Gersbach eilig wieder den Weg zurück, den er gekommen war. Der Regen hatte sich inzwischen in Schnee verwandelt. Leise, wie in feierlichem Weihnachtsreigen, schwebten die Flocken zur Erde hernieder. Kinder jauchzten beglückt auf.

„Es schneit! Es schneit! Jetzt kommt das richtige Weihnachtswetter!" Werner Gersbach zog die Schultern hoch. Es fror ihn. Von all den frohen Worten, die heute sein Ohr erreicht hatten, war keins imstande gewesen, sein Innerstes zu erwärmen.

Er entschloss sich, zum Mittnachtbau, in ein ausgesucht feines Kaffee im obersten Stock dieses Hochhauses, zu gehen. Mit dem „Paternoster", einem sich ohne Unterbrechung auf und ab bewegenden Fahrstuhl, fuhr er hinauf. Wohltuende Wärme strömte ihm entgegen, als er den Raum betrat. Der Duft von starkem Kaffee und appetitlich zubereiteten Speisen erinnerte ihn daran, dass er seit Mittag nichts mehr zu sich genommen hatte. Auch hier waren fröhliche Menschen versammelt. Ein Orchester spielte. Von der Decke hingen an verschiedenen Stellen vier prächtige Adventskränze an breiten Goldbändern, darauf dicke, rote Kerzen.

Werner Gersbach saß gerne hier oben. Aus den breiten Fenstern, die sich an allen vier Frontseiten des quadratisch gebauten Kaffees hinzogen, hatte man einen prachtvollen Weitblick über Stuttgart und die umliegenden Höhenzüge. Am Abend, wenn überall die Lichter aufblitzten und die König- und andere Verkehrsstraßen der Stadt mit den buntfarbenen Lichtgirlanden aufleuchteten, war es geradezu märchenhaft. Von allen Höhenzügen grüßten Lichter herunter. Da war rechts der beleuchtete Hasenberg, links das Licht des Degerlocher Aussichtsturmes. All dieses Leuchten und Strahlen passte so gut in die vorweihnachtliche Festatmosphäre. Heute empfand es Werner Gersbach störend. Er hatte sich wieder einmal in ein dunkles, brütendes Grübeln gesteigert und wollte nun nicht andauernd an Festlichkeit und Frohsinn erinnert werden. Die Darbietungen des Orchesters erinnerten viel zu sehr an jenen Sonntagnachmittag, an dem er vor dem Gewitter in das Waldrestaurant geflüchtet und der der Auftakt zu seinem Unglück gewesen war.

Er rief den Kellner, bezahlte und verließ den Raum. So stark wie heute hatte ihn die Ruhelosigkeit schon lange nicht mehr gepackt. – Sollte er nach Hause gehen, in die Unpersönlichkeit seiner möblierten Wohnung? Er würde auch dort nicht zur Ruhe kommen, heute nicht, er wusste es.

Und dann stand er vor der Stiftskirche. Jetzt waren die Straßen feierlich still. Lautlos verhallte sein Schritt auf der frischen Schneedecke, die sich in noch unberührter Schönheit vor ihm ausbreitete. Plötzlich vernahm er leises Orgelspiel. Feierliche, harmonische Klänge erfüllten das alte Gotteshaus und drangen an das Ohr des einsamen Mannes.

War es nun der Anblick der gewaltigen Kirche, deren Turm ernstmahnend zum nächtlichen Himmel emporwies, war es der Einfluss der Millionen und aber Millionen Schneeflocken, die lautlos und doch einem bestimmten Gesetz folgend anmutig vom Himmel hernniederschwebten, beleuchtet von den Bogenlampen, die an verschiedenen Ecken des Kirchplatzes Licht spendeten, oder übten die zarten und doch eindringlichen Klänge des Orgelspiels eine solche Macht auf ihn aus?

Er blieb stehen, und eine unbeschreibliche Sehnsucht nach Ruhe und Frieden kam über sein gepeinigtes Herz. Was war das für eine Melodie, die ihn merkwürdig vertraut grüßte? Irgendetwas Heimatliches trug sie in sich.

Einen Augenblick besann er sich. Dann hatte er's.

„Macht hoch die Tür, die Tor macht weit, es kommt der Herr der Herrlichkeit!"

Wie lange war es her, seitdem er dieses Lied gehört, seitdem er sich mit dessen Melodie und Text befasst hatte? Alles andere war heute spurlos an ihm vorübergegangen. Lichterglanz, Festvorbereitung, Weihnachtsvorfreude, nichts hatte Eindruck auf ihn gemacht. Aber dieses Lied, diese altbekannte Melodie rief etwas in ihm wach, was er bisher bewusst unterdrückt hatte und einfach nicht aufkommen ließ: ein grenzenloses Heimweh nach der Zeit, da er noch unbeschwert und fröhlich seine Straße zog, da er die Last noch nicht mit sich herumtrug, die ihn jetzt oftmals fast erdrücken wollte.

Werner Gersbach lehnte an der Mauer eines Hauses gegenüber der Stiftskirche. Hut und Mantel waren bald mit einer leichten Schneeschicht bedeckt. Er achtete es nicht. Wundersam drangen ihm die Töne ins Herz. War es nicht wie ein Wiegenlied, das die Unruhe seiner Seele zum Schweigen bringen wollte? Was er während des ganzen Tages von sich gewiesen hatte, kam nun mit Macht über ihn. Weihnachtssehnsucht, und zwar hatte diese nichts mit kindlicher Schwärmerei oder weichlicher Stimmung zu tun, sondern es kam wie ein Sturm über den einsamen Mann, ein Sturm, der die Grundfesten seines Innern erschütterte. War er nicht heimatlos geworden? Hatte er nicht im Groll gegen sein Geschick alles, was ihn mit der Heimat verband, trotzig von sich gewiesen? Und plötzlich kam die Gewissheit über ihn, dass es sich im Grunde genommen nicht um sein kleines Heimatstädtchen und das Elternhaus dort handelte, sondern vielmehr um die Stätte, da seine Seele beheimatet war. Was hatte er in den vergangenen Jahren getan, um dieses innerliche Heimweh, die Sehnsucht seiner Seele zu stillen? Nichts, gar nichts. Also auch da wieder Schuld.

Diese Erkenntnis kam an diesem Abend mit solcher Macht über ihn, dass er hätte weinen mögen wie ein Kind, das sich verlaufen hat. Und war er nicht in Wirklichkeit ein solches? Gottes verirrtes Kind!

Lange Zeit musste Werner Gersbach so dagestanden sein. Die Orgeltöne waren verklungen. Er schrak aus seinem Sinnen empor, als ein Seitenportal der Kirche von innen geöffnet wurde und zwei Gestalten auf den Platz traten. Ein alter Mann in weißem Haar und Bart, und ein junges Mädchen, das sich jetzt bemühte, die schwere Türe hinter sich zu schließen. Der Greis trat einige Schritte vor, merkwürdig unsicher, so schien es Werner. Dann hob er sein Haupt, streckte die Hände aus und rief in fröhlichem Ton: „Margritta, es schneit noch immer!"

Das junge Mädchen antwortete nicht gleich. Das Schließen der schweren Türe schien ihr einige Mühe zu verursachen. So stand der alte Mann eine ganze Weile im Scheine der Straßenlampe. Werner Gersbach hatte Gelegenheit ihn zu betrachten. Sein edles, fein gezeichnetes Profil und die wohlgeformten, ausdrucksvollen Hände fielen ihm vor allem auf. Als er aber, noch immer in derselben Haltung mit erhobenem Haupt und ausgestreckten Armen einige Schritte weiterging, glich es wiederum einem unsicheren Tasten.

Kein Zweifel, der Mann war blind! Ein seltsamer Schmerz durchzuckte Werner Gersbach. Blind wie das Kind, sein kleines Mädchen. Das junge Mädchen trat jetzt zu dem alten Mann, nahm seinen Arm und geleitete ihn in ruhiger Sicherheit über den Kirchplatz in eine der Nebenstraßen. Haltung und Schritt der beiden verrieten, dass sie aufeinander eingestellt waren. Über Werner kam es wie ein Zwang. Er musste ihnen folgen. Dieser Blinde also war es, der ihm die Klänge aus seiner Kinderzeit ins Herz gespielt hatte. Er ahnte wohl nicht, wie sehr er mit seinem Orgelspiel einen Einsamen, Ruhelosen beschenkt hatte. Nicht das Meisterstück eines

44

großen Komponisten war es gewesen, sondern die schlichte und doch tief empfundene Weise eines alten Adventsliedes. Aber was für einen Reichtum hatte der alte Mann in sein Spiel gelegt! Er selbst musste eine davon erfüllte Seele haben. Er musste etwas besitzen, was ihn über die Not seines Nichtsehenkönnens hinaushob, das ihm ersetzte, was er als Blinder entbehren musste. Werner wusste nicht, wer dieser Organist war, aber wie eine Gewissheit kam es über ihn: Das war ein Mensch, der die Ruhe besaß, die er verloren hatte, den Frieden, nach dem er sich sehnte. Waren solche Gedanken sentimentale Anwandlung, peinliche Schwäche, eines Mannes unwürdig? Er wusste, viele seiner Bekannten hätten sie nicht anders benannt. Aber was kümmerte ihn das. Was wussten sie von der Not, die in ihm brannte wie ein verzehrend Feuer?

Warum es heute so über ihn kam, das konnte er sich selber nicht erklären. Erst war es das Jauchzen eines Kindes gewesen, das ihn fast aus dem Gleichgewicht gebracht hatte, und nun wurde die Begegnung mit dem Blinden ihm zu einem erschütternden Erlebnis.

In einem gewissen Abstand folgte er dem Blinden und seiner Führerin. Ob das junge Mädchen die Tochter war? Plötzlich hörte er sie sagen: „So, Vater, wir sind daheim!" Gleich darauf verschwanden beide in einem kleinen Hause der Altstadt, das gewiss schon manches Schneewetter erlebt hatte und von vielen Weihnachtszeiten noch aus dem vergangenen Jahrhundert berichten konnte.

Tief aufatmend blieb Werner Gersbach stehen. Er hätte nicht sagen können, warum er eigentlich hierher gegangen war. Aber es schien ihm, als sei diese kurze Wegstrecke das einzige lohnende Erlebnis an diesem Tage gewesen.

In dieser Nacht hatte er einen seltsamen Traum. Er sah ein kleines Mädchen mit blonden Locken und einem weißen Kleid. Auf nackten Füßen ging es über den Schnee, das Köpfchen erhoben, die kleinen Hände ausgestreckt. Es ging tastend und unsicher, und der Wind wehte das dünne Kleidchen um die zarten Glieder. Das Kind fror. Die Füßchen waren rot vor Kälte, und immer tiefer sank es in den Schnee. Und plötzlich schien es ihm zu winken. Als er ihm aber zu Hilfe kommen wollte, wurde die Entfernung zwischen ihm und dem Kinde immer größer. Es war ihm unmöglich, zu der Kleinen zu gelangen, so gerne er auch wollte. Der Traum war so lebendig gewesen, dass es ihm beim Erwachen war, als habe er ihn wirklich erlebt. Er konnte nicht mehr einschlafen und grübelte über das Geheimnis nach. Es musste Helga, sein Töchterlein, gewesen sein, die er im Traum gesehen hatte. Deutlich sah er das hilflose Gesichtchen vor sich, sah das Händchen, das ihm winkte, und dachte daran, dass es ihm nicht gelungen war, das Kind zu erreichen, so gerne er es gewollt hatte. Wie, sollte sich die Kleine in Gedanken mit ihrem Vater beschäftigen, sollte sie sich nach ihm sehnen? Und er hatte bisher nichts getan, sich seinem Kinde zu nähern, hatte das Bewusstsein der Zusammengehörigkeit oder gar die Sehnsucht, die auch in ihm sich dann und wann geregt, bewusst unterdrückt und zum Schweigen gebracht. Sollte etwa die Zeit einmal kommen, wo der Traum Wirklichkeit wurde, wo er sich bemühen würde, zu seinem Kinde zu gelangen, und es ihm aus irgendwelchen Gründen entgleiten könnte?

So weit war er mit seinen Gedanken gekommen. Da wurde er über sich selbst unwillig. Was war nur mit ihm? Wollte er etwa Grundsätze, an die er sich nun jahrelang gehalten hatte, umwerfen? Nein, er brauchte sich keine Vorwürfe zu machen. Vom ersten Tage, solange das Kind lebte, hatte er dafür gesorgt, dass ihm zukam, was es nötig hatte. Es hatte nichts entbehren müssen. Das genügte. Nein, niemand konnte von ihm verlangen, dass er persönliche Verbindung mit diesem Kinde suchte.

Das soll genügen? Werner Gersbach, warum handelst du nicht ehrlich vor dir selbst und deinem Gewissen? Muss dein Kind nichts entbehren? Es ist dein Kind. Die Tatsache bleibt bestehen, auch wenn du dein Haupt verhüllen möchtest im Gedenken an jene Zeit. Dein Kind! Noch besitzt es die Liebe der Großmutter, die zu all den Lasten ihres Lebens auch deine Last auf sich genommen hat. Das einzige Licht, das die Dunkelheit deines blinden Kindes erhellt, ist die Liebe deiner Mutter. Und wenn Helga älter wird, wenn sie nach ihren Eltern fragt? Ihre Mutter ist tot. Es ist besser, sie gedenkt einer verstorbenen als einer treulosen Mutter, die sich ihres Kindes nicht annahm. Du aber, ihr Vater, lebst. Noch ist das kleine Herz deines Kindes unberührt von Bitterkeit. Willst du warten, bis es dir flucht? Die Zeit könnte kommen, da du von Sehnsucht nach deinem eigenen Fleisch und Blut die Hände nach ihm ausstreckst, dann aber finden eure Herzen vielleicht nicht mehr zusammen.

Werner Gersbach hatte sich in seinem Bett aufgerichtet. War er denn krank? Warum kam er nicht zur Ruhe? War es die Nachwirkung des Erlebnisses vom gestrigen Abend? Und plötzlich war es ihm, als dränge wieder das Jauchzen der Kinderstimme an sein Ohr. Er meinte, das kleine Mädchen vor dem Spielwarengeschäft zu sehen. Und auf einmal, er wusste selbst nicht, wie es über ihn kam, sagte er laut in die Dunkelheit des Wintermorgens hinein: „Nein, du bekommst die Puppe nicht, die kaufe ich für meine kleine Tochter, für meine kleine, blinde Helga."

Und einige Stunden später stand er wirklich in dem Spielwarengeschäft und war ganz unglücklich, als ihm die Verkäuferin sagte, die Puppe in dem himmelblauen Kleid, die gestern noch im Schaufenster gewesen sei, habe heute früh bereits eine Dame gekauft. Schon wollte er gehen.

Das Fräulein aber lächelte: „Wir haben aber noch eine große Auswahl in Puppen." Und schon lag eine ganze Anzahl vor ihm. Lächelnde Lockenköpfchen, Puppen mit Schlafaugen und langen Zöpfen, Tirolerbuben und -mädchen, Babys, die Mama schreien konnten, mit und ohne Kleider.

Werner Gersbach wusste wirklich nicht, was er tun sollte. Die Verkäuferin sah, wie hilflos er war, und fragte, wie alt denn das Kind sei. Da geriet er in noch größere Verlegenheit. „Sechs, nein, bald sieben Jahre."

„Besitzt die Kleine denn schon eine Babypuppe oder eine mit Zöpfen?" Wie sollte er das wissen? Was wusste er denn überhaupt von seinem Kinde?

Schließlich hatte das Fräulein ihm ein, wie sie behauptete, „reizendes Puppenkind" aufgeredet. Es lag schlafend in einem Körbchen, mit rosa Schleifen gebunden. Und alle Verkäuferinnen beugten sich darüber und riefen: „Wie süß! Entzückend! Gerade wie ein wirkliches Kind!"

Werner Gersbach aber wusste vor Verlegenheit nicht, was er dazu sagen sollte, und war froh, als der Kauf endlich abgeschlossen war. Er ließ die Puppe verpacken und gab die Adresse an, damit sie direkt vom Geschäft abgeschickt werde.

„Und als Absender?", fragte das Fräulein.

„Gar keinen", erwiderte er fast unfreundlich und ärgerte sich furchtbar über die „Neugierde" dieser Person.

Auf dem Weg zu seinem Büro aber glaubte er wieder das Kinderjauchzen zu hören. Dieses Mal aber war es eine andere Stimme, gewiss die seiner kleinen Helga. Und das passte so gut zu der Melodie des Liedes, das ihn den ganzen Tag nicht losließ: „Macht hoch die Tür, die Tor macht weit, es kommt der Herr der Herrlichkeit!"

„Es ist etwas Seltsames und zugleich Wunderbares um die Führungen in einem Menschenleben. Wer mit einem großen Schritt darüber hinwegschreiten will und dabei das Wort ‚Zufall' in den Mund nimmt, ist mit all seinen logischen Begründungen, die er gegen diesen Glauben an Gottes Führungen ins Feld führt, nicht imstande, denen, deren Leben reich an solchen wundersamen Erfahrungen ist, diese Gewissheit göttlichen Eingreifens zu zerstören. Um solche Führungen in seinem Leben zu wissen, das ist Lebensbereicherung.

Allerdings weiß derjenige, der sich den Beeinflussungen der finsteren Gewalten hingibt, genauso gut von Führungen aus ihrem Machtbereich zu sprechen. Und wehe dem, der sich ihnen hingibt."

Joachim Gontropp, der blinde Organist, schwieg einen Augenblick, nachdem er diese Worte mit großem Ernst und tiefer Überzeugung gesprochen hatte. Dann legte er die wohlgeformte Hand auf die Schulter des jungen Mannes, der ihm gegenüber Platz genommen hatte, und fragte: „Sollten Sie nichts von solchen göttlichen Führungen in Ihrem Dasein wissen, mein lieber junger Freund?"

Der also Angeredete war niemand anderes als Werner Gersbach, der heute, am Nachmittag des ersten Weihnachtstages, nicht wie ein Fremder, sondern wie ein langjähriger Bekannter in dem kleinen, historisch wirkenden Hause Aufnahme gefunden hatte. Er selbst staunte wohl am meisten darüber und beantwortete demnach die Frage des alten Mannes.

„Wenn es Führungen gibt, die sich in den Alltag des einzelnen Menschen erstrecken und sich mit seinem Lebensschicksal befassen, so möchte ich beinahe meine Anwesenheit eine solche Führung nennen, denn mir selbst ist es fast unbegreiflich, dass ich hier bei Ihnen sitze und Ihnen, der Sie mir eigentlich vollkommen fremd sind, den Weg meines Lebens geoffenbart habe, in einem so großen und völligen Vertrauen wie nie zuvor einem anderen Menschen."

„Wir wollen glauben, dass es Führung ist, und deshalb unsere uns dadurch auferlegten Pflichten gern erfüllen."

50

Wie wohlklingend war die Stimme des alten Mannes, und wie beruhigend wirkte seine gütige, verstehende Art.

Werner Gersbach blickte ihn fragend an. „Unsere uns dadurch auferlegten Pflichten?"

„Ja, ich betrachte es von diesem Standpunkt aus. Indem Gott Sie in Ihrer Not zu mir geführt hat und Sie mir Einblick in Ihr Leben gewährten, erwächst mir daraus die Aufgabe, Ihnen anhand meiner persönlichen Erfahrungen mit dem Leben, besonders aber mit Gott, zu raten und zu versuchen, Ihnen zu helfen. Ihnen aber, Herr Gersbach, wird die Aufgabe, meine Ratschläge in Erwägung zu ziehen und dazu Stellung zu nehmen. Und wenn ich mir erlaube, Ihnen einen Rat zu geben, so tue ich es als ein Christ.

Haben Sie schon einmal den Ausspruch von Wiechert gehört: ,Schicksal offenbart sich immer erst dort, wo Gottes Hand sich unsichtbar schon neigt, indes der Mensch seine Arme noch in das Hoffnungslose hebt, wo also das Diesseitige und das Jenseitige einander begegnen, um den heiligen Kreis zu schließen und zu vollenden'? Den tiefen Sinn dieses großen Wortes verstehen wir allerdings erst ganz recht, wenn wir etwas von diesen wunderbaren Führungen Gottes in unserem Leben verspürt haben. Sehen Sie, Gott, der von der Unruhe Ihres Herzens weiß, hat längst in seiner väterlichen Liebe einen Plan erdacht, Ihnen zum Frieden Ihrer Seele zu verhelfen. Seine Hand neigt sich bereits unsichtbar, wo Sie Ihre Arme noch in das Hoffnungslose heben.

Ich weiß, vor Ihnen steht groß und anscheinend unauslöschbar das Wort ‚Warum‘. Sie setzen es anklagend über Ihre Vergangenheit, in der Sie, wie Sie selbst sagen, sich selbst und Ihr Lebensideal verloren haben. Dieses Warum hat sich wie ein ungeheurer Steinblock vor Ihren Lebensweg gewälzt und nimmt Ihnen jede Zuversicht und Hoffnung für die Zukunft. Viele, das weiß ich, würden Ihnen den Rat geben, Zerstreuung zu suchen, damit Sie auf andere Gedanken kommen. Sie würden Ihren Zustand eine Folge der überreizten Nerven oder aber lächerliche Sentimentalität nennen, gegen die Sie anzukämpfen hätten, über die Sie sich hinwegsetzen müssten. Sie würden Ihnen beweisen, dass auf Ihrem Wege keine Schuld liegt, wenigstens keine größere als im Leben tausend anderer Menschen.

Bitte, verstehen Sie mich recht, auch ich will Ihnen nicht von Schuld reden, das steht mir nicht zu, ich komme nur auf Ihre eigenen Worte zurück. Sie selbst wissen am besten, was für Seelenqualen Ihnen solche Not bereitet.

Auch Ihr Herz wird nicht eher zur Ruhe kommen, bis dass es ruhet in Gott. Hören Sie meine Geschichte an. Ich spreche im Allgemeinen nicht gerne darüber. Ihnen aber will ich sie erzählen, um Ihnen vielleicht damit zu helfen.

Als junger Künstler zog ich nach Italien. Die Welt stand mir offen. So dachte ich. Meines Erfolges war ich gewiss. Dafür bürgte mir mein Auftreten in den Konzertsälen. Und wie ich es erwartet hatte, so traf es ein. Wie ein Rausch nahm der Erfolg mich gefangen. Er genügte mir zum Glück meines Lebens. Dass es ein Nebel war, der einmal zerreißen würde, und dass ich mich vor einem Abgrund befände, das kam mir nicht in den Sinn. Damals hätte ich nicht geglaubt, dass der Beifall der Menge mir einmal nicht mehr genügen würde.

Ich lernte Margritta, eine begnadete italienische Künstlerin, kennen. Sie hatte sich mir, wie tausend anderen, ins Herz gesungen. Ich aber war der Auserkorene, dem sie ihr Leben anvertraute. Das schien mir das Ziel aller Wünsche. Sie wurde meine Frau. Unsere Konzertreisen bildeten bald den Gesprächsstoff der musikbegeisterten Welt Italiens.

Dann kam das Unglück, das Augenleiden. Ich erblindete. Worte können die Not nicht beschreiben, in die hinein ich geraten war. Von dem Glanz glückerfüllter Tage war ich in die grauenhafteste Nacht gestoßen. Schlimmer aber noch als die Erblindung war die Dunkelheit, die Verzweiflung meiner Seele; denn ich war ohne Gott. Dass ich nicht wahnsinnig wurde, ist seiner Führung zu verdanken. Das Leiden zwang mich, in aller Zurückgezogenheit und Stille zu leben. Ob Sie verstehen, was das für mich bedeutete, der ich gewohnt war, mich im lebensprühenden Kreis der Öffentlichkeit zu bewegen, der ich glaubte, ohne die Luft des Erfolges ersticken zu müssen? Welch ein Opfer es für meine Gattin war, mit mir in die Einsamkeit, damals empfand ich es wie Verbannung, zu ziehen, lässt sich nicht beschreiben. Die Edle blieb ohne ein Wort der Klage bei mir und teilte hochherzig mein Leid.

Als all die lauten Stimmen meines bisherigen Daseins schwiegen, vernahm ich eine andere: Gottes Stimme! Wochen und Monate vergingen. In mir tobte ein

Kampf, wogten Empörung und Auflehnung. Dann schenkte ich diesem gütigen Werben Gehör. Mein unruhiges, gequältes Herz fand Ruhe in Gott. Und heute kann ich sagen: Das, was ich einstens als das größte Leid, als das Unglück meines Lebens betrachtet habe, ist mir zum Segen und Heil meiner Seele geworden. Sehen Sie, ich kann nicht erwarten, dass Sie das ohne weiteres fassen und begreifen. So etwas muss man selbst erleben. Mir ist es jedoch wundersamste Lebensbereicherung geworden, mein Dasein ist vollkommen ausgefüllt, obgleich ich blind bin.

Gott muss uns oft erst zerschlagen, um uns wieder aufrichten zu können. Ob die in Ihrem Leben liegende Demütigung für Sie nötig war, mein Freund, ich weiß es nicht. Vielleicht mussten gerade Sie an sich selbst zuschanden werden, weil Sie es nie für möglich gehalten hätten, aus den Geleisen Ihrer Rechtlichkeit geworfen zu werden. Aber glauben Sie mir, Gott weiß, warum er es zugelassen hat."

Und nun suchte der alte Mann die Hände Werner Gersbachs, die dieser ihm willig überließ, und fuhr mit bewegter Stimme fort: „Ich möchte Ihnen gerne helfen. Meine Frau schenkte mir außer meiner Tochter noch einen Sohn. Er sowie seine Mutter sind mir bereits vorausgegangen in die Heimat, nach der ich mich längst sehne. Nach ihrem Tode zog ich mit Margritta zurück nach Deutschland. Herr Gersbach, ich möchte Ihnen helfen, wie ich meinem Sohn zu helfen wünschte, wenn er mit seiner Not zu mir käme. Nach allem, was Sie mir anvertraut haben, weiß ich Ihnen nichts Besseres zu sagen als: ‚Darum lasset uns hinzutreten mit Freudig-

54

keit zu dem Gnadenstuhl, auf dass wir Barmherzigkeit empfangen und Gnade finden auf die Zeit, wenn uns Hilfe not sein wird.'

Sie finden diese Worte in Hebräer 5,16 in der Bibel. Ich weiß keinen anderen Weg, der Ihnen zur Ruhe und zum Frieden verhelfen könnte. Hinzutreten zu dem, der unser aller Schuld auf sich genommen hat, Christus.

Doch ich höre Margritta kommen. Seien Sie unser Gast heute Abend. Meine Tochter wird sich ebenfalls freuen. Ihr Leben ist bei mir altem Manne oft recht einsam."

Die Tochter des Künstlers hatte, in das Zimmer eintretend, die letzten Worte des Vaters noch vernommen. Sie war, nachdem Werner Gersbach ihn um eine Unterredung gebeten hatte, zu einer Freundin ins Nachbarhaus gegangen und hatte dort einen frohen Weihnachtsabend verlebt. Mit winterfrischen Wangen und glänzenden Augen beugte sie sich jetzt über den Vater.

„Wer spricht da so hässliche Dinge, die nicht einmal der Wahrheit entsprechen? Etwa mein Vater, der mich zur strengsten Wahrheitsliebe erzogen hat? Mein Leben sei einsam bei dir? Dagegen erhebe ich ganz energisch Einspruch. Ich denke ja gar nicht daran, mich einsam zu fühlen. Nein, nein, Väterchen, so etwas darfst du nicht wieder behaupten. Deinen werten Gast aber lade auch ich herzlich ein, unser bescheidenes Nachtmahl mit uns zu teilen."

In anmutiger Haltung stand sie vor Werner und blickte ihn aus klaren Augen freundlich und offen an.

„Ich würde mich freuen, wenn Sie noch ein wenig bei uns blieben."

Er aber lehnte dankend ab. Nach all dem Gehörten musste er jetzt allein sein, musste es in sich verarbeiten, um dazu Stellung nehmen zu können. Außerdem konnte er unmöglich die Zeit des alten Herrn noch länger in Anspruch nehmen. War es nicht ohnehin eine gewisse Anmaßung von ihm, als Fremder einfach in dieses Haus einzudringen, als besitze er ein Recht dazu? Seltsamerweise aber war es ihm während der ganzen Zeit seines Hierseins gewesen, als sei er längst vertraut mit allem, was ihn hier umgab. Sei es die Gemütlichkeit des kleinen Heimes oder die gütige Art des Mannes im weißen Haar, der wie ein väterlicher Freund auf die Not seines Innern eingegangen war. Eigenartig war es gewesen. Er hatte einfach kommen müssen. Seit jenem Sonntagabend, als er den Klängen des Adventsliedes lauschend vor der Kirche gestanden, hatte es ihm keine Ruhe mehr gelassen. Wie mit unsichtbaren Händen hatte es ihn hergezogen. Und als er vor dem ihm eigentlich fremden Mann saß, da war es ihm ein ganz selbstverständliches Bedürfnis gewesen, ihm alles zu sagen, ihm alles zu bekennen, worüber er nie vorher mit einem Menschen gesprochen hatte. Schon allein das war gleich einer erlösenden Wohltat gewesen. Ja, es musste schon so etwas wie eine Führung sein. Göttliche Führung! Sollte es Wirklichkeit sein, dass Gott sich um das Einzelgeschick eines Menschen kümmerte?

Werner Gersbach erhob sich. „Ich danke Ihnen für Ihre Einladung, aber erlauben Sie mir, dass ich mich für heute verabschiede. Ich muss jetzt mit dem, was ich gehört habe, zu Rate gehen. Gerne aber komme ich wieder, wenn ich darf."

In herzlicher Weise streckte der Blinde ihm die Hände entgegen. „Sie sollen mir immer willkommen sein." Dann wandte er sich zu seiner Tochter. „Du aber, Margritta, zünde schnell noch die Lichter an unserem Bäumchen an. Mein junger Freund soll noch ein Stückchen Weihnachten mit uns erleben."

Er selbst aber setzte sich an den Flügel, und gleich darauf war der Raum erfüllt von den Klängen des Liedes: „Macht hoch die Tür, die Tor macht weit, es kommt der Herr der Herrlichkeit."

Wohl war Advent vorüber. Die Hoffnung hatte sich erfüllt. Es war Weihnachten geworden. Aber mit zartem Verständnis spielte der Künstler die Weise des Adventsliedes, das dem jungen Menschen, der Hilfesuchend zu ihm gekommen war, Wegweiser zur Heimat geworden war.

Margritta aber begann plötzlich unaufgefordert mit wunderbar klarer Stimme das Lied zu singen. Mit besonderer Innigkeit sang sie den fünften Vers:

„Komm, o mein Heiland Jesus Christ,
mein's Herzens Tür dir offen ist.
Ach zeuch mit deiner Gnade ein,
dein Freundlichkeit auch uns erschein,
dein Heilger Geist uns führ und leit
den Weg zur ewgen Seligkeit.
Dem Namen dein, o Herr,
sei ewig Preis und Ehr!"

Martina sorgt für Weihnachten

„Aber denk doch – das Kind!"

„Was geht mich das Kind an? Ich hab's nicht hierher geholt. Sollen die sich darum kümmern, die es ins Haus gebracht haben. Ich sage es dir zum allerletzten Mal, wir führen keine neuen Moden ein, und wenn es hundertmal Weihnachten ist."

Grimmig stopfte sich der alte Maurer die Pfeife und tat, als kümmere er sich nach diesem soeben gesprochenen Machtwort kein bisschen mehr um seine Frau. Dabei warf er aber doch immer wieder einen Blick über seine Brille, die ihm, wenn er sich erregte, stets auf die Nasenspitze herunterrutschte, hinüber zu seiner Frau, die am Fenster saß und sich bemühte, seine alten, zerrissenen Unterhosen noch einmal zurechtzuflicken. Frau Maurer seufzte.

„Was hast du gesagt?", fuhr ihr Mann sie an.

„Ich habe gar nichts gesagt – ich habe nur gedacht."

„Und was hast du gedacht?" Seine Stimme klang gereizt.

„Denken kann man ja schließlich, was man will", wagte die alte Frau zu erwidern. „Aber ich kann es dir auch ebenso gut sagen. Ich habe an die Zeit gedacht, wo unsere Kinder klein waren und wo es ganz selbstverständlich war, dass wir einen Christbaum hatten. Wo wir mit Gretchen und Bernhard, mit Frieder und Hannchen und den beiden Kleinen auch Weihnachtslieder gesungen haben und wo du selbst an jedem Heiligen Abend noch die Weihnachtsgeschichte vorgelesen hast – und wir sehr – sehr glücklich waren – alle miteinander."

Ganz leise hatte sie zuletzt gesprochen, die alte Mutter Maurer – aber ihr grimmiger Mann hatte es gut verstanden, alles! Er fuhr wieder auf und äffte ihr bitterböse nach: „Sehr glücklich, sehr glücklich – alle miteinander – pah, so ein Blödsinn! Was habe ich denn heute davon, hä? – Bernhard, Frieder, Hannchen und die beiden Kleinen! Was ist denn aus allen geworden? Die beiden Kleinen sind im Krieg gefallen. Wer hat danach gefragt, dass sie unsere Jüngsten, deine geliebten, wohlbehüteten Nesthäkchen waren? – Kaum dem Kindesalter entwachsen, mussten sie an die Front, unsere Zwillinge. Vierzehn Tage später waren sie tot, beide in einer Stunde. – Und die anderen? Gretchen bei einem Fliegerangriff umgekommen, Bernhard ein Krüppel, beide Beine ab; Frieder vermisst, und von Hannchen wissen wir seit der Flucht nichts mehr. Und nun verlangst du von mir, dass ich Weihnachtslieder singe? Du bist wohl nicht mehr ganz gescheit! Nein, das kann selbst dein lieber Gott – wenn es einen solchen wirklich geben sollte, was ich nach all dem Erlebten aber sehr bezweifle – nicht von mir erwarten. Dann soll er sich von seinen himmlischen Heerscharen etwas vorjubilieren lassen. Vielleicht haben die mehr Grund, dort in den oberen Regionen. Komm, hör mir auf mit diesen Gefühlsduseleien. Ist ja doch alles Unsinn. Ich glaube an nichts, an gar nichts mehr. So, und jetzt Schluss damit. Für uns gibt's kein Weihnachten, und wenn hundertmal das Kind da ist."

So brummte und schimpfte und knurrte er noch eine

Weile fort und merkte gar nicht, dass seine Frau schon längst nichts mehr sagte. Aber auf das fadenscheinige Wäschestück in ihrer Hand tropfte eine Träne.

Schlimmer als alles andere war die Verbitterung ihres Mannes. Seit dem furchtbaren Erleben waren schon eine ganze Anzahl Jahre ins Land gezogen. Aber er grollte noch immer in gleicher Weise mit Gott und Menschen. Gewiss, es war nicht leicht, was sie durchgemacht hatten. Auch sie trug immer wieder schwer daran. Wie glücklich waren sie gewesen in ihrem kleinen Heimatdorf am Meer! Schmuck war ihr Häuschen mit dem Kaufladen, dem einzigen im Dorf. Ihr Mann hatte sich in regem Fleiß und mühsamer Arbeit emporgeschafft und war von allen Dorfbewohnern sehr geachtet gewesen. Gleich neben der Kirche hatten sie gewohnt und waren mit dem Pfarrer und dem Lehrer und ebenso mit dem im Nachbarort wohnenden Arzt befreundet gewesen. Sechs Kinder hatten sie gehabt, alle gesund und begabt, die besten Schüler in ihren Klassen. Die Zwillinge dazu außergewöhnlich hübsch – oder hatte sie es in ihrem törichten Mutterstolz nur gemeint? – Aber sehr glücklich waren sie alle miteinander gewesen. Dann war der unselige Krieg gekommen und hatte alles, aber auch alles zerstört. Nichts hatten sie retten können als ihr nacktes Leben. Nein, an die grauenvollen Erlebnisse der Flucht wollte sie gar nicht zurückdenken. Es war zu schrecklich gewesen. Dass sie ihr Häuschen, ihr Geschäft, alles, was sie erarbeitet und erspart hatten, zurücklassen mussten, war wohl schlimm; viel schlimmer aber war doch, dass es mit den Kindern so gekommen war. – Unfasslich!

Die alte Frau steckte die Nadel in den brüchigen Stoff und verkrampfte die Hände ineinander. Grete – Bernhard – Frieder – Hannchen – Heiner – Peter! O Gott! – Und keiner war mehr da, keiner, den man umsorgen und umhegen konnte. Nur der alte, verbitterte, ewig nörgelnde und mit Gott und Menschen hadernde Vater. – Ach, sie wollte ihm ja nicht zürnen. Sie verstand seinen Kummer gut und wusste, dass er halbe Nächte lang wach lag und ihm die Tränen wie Wasserbäche über sein verhärmtes Gesicht liefen, wenn er dachte, sie schlafe an seiner Seite. Nur einmal hatte sie gewagt, leise die Hand nach ihm auszustrecken, als sie dieses lautlose, verzweifelte Weinen aus dem heimwehkranken Männerherzen spürte. Da aber hatte er sie hart angefahren und ihre Hand zurückgestoßen. Er schämte sich seiner Tränen und wurde ungerecht. So wollte sie nur ganz still neben ihm aushalten und für ihn die Hände falten, denn das hatte sie, Gott sei Lob und Dank, auch in den schwersten Zeiten nicht verlernt.

Nun waren sie hier in dieses kleine Städtchen im Schwarzwald verschlagen worden, von der Flüchtlingswoge hingespült auf ein völlig unbekanntes Fleckchen Erde. Gewiss, es war hier auch schön. Hunderte von Fremden kamen in jedem Jahr, Sommer wie Winter, hierher, um Erholung in der würzigen Schwarzwaldluft zu finden und sich an der Schönheit des Tales und seiner Wälder zu freuen. Es war aber doch nicht die Heimat, nicht der Meeresstrand. Man blieb einfach fremd hier. Flüchtling – dieses Wort hatte bei den Einheimischen einen unschönen Klang. Es war gleichbedeutend mit Fremdling, Eindringling. Man spürte es genau – man war ihnen lästig. Gewiss, sie hatten hier auch ihre Kriegsopfer gebracht – aber sie hatten ja keine Ahnung von dem, was es hieß, alles zurückzulassen, was einem lieb und teuer war, flüchten zu müssen und alle die Qualen, den Jammer der Flucht zu erleben, Menschen am Straßenrand sterben zu sehen, ohne ihnen beistehen zu können, weil man wie gehetzt und gepeitscht weiter musste, weiter, immer weiter. Gewiss, einige hatten Verständnis für ihr Los. Im Laufe der Jahre hatte man auch hier Bekannte, vielleicht sogar da und dort einen Freund gefunden. Aber man blieb eben doch in der Fremde. Man blieb ein Flüchtling ...

Hier, im Altershaus am Ende der Stadt, gegenüber dem Friedhof, waren Maurers untergekommen. Sie wussten, dass das baufällige Gebäude früher das Armenhaus gewesen war und dass die Leute es auch heute noch so nannten. Im Grunde genommen war es ja auch so. Sie waren ärmer als arm. Die paar Möbelstücke waren zusammengebettelt. Sie hatten ja nur das Allernötigste. Außer ihnen wohnten noch weitere Flüchtlinge hier: im Erdgeschoss die Blinde und neben ihr die Witwe Bull, bei der seit ein paar Wochen Martina, das Töchterchen ihrer plötzlich verstorbenen Tochter, war. Im Dachstock hausten die beiden alten Junggesellen, die mit allen übrigen Hausbewohnern in Feindschaft lebten. Sie waren die einzigen Nichtflüchtlinge und fühlten sich den anderen gegenüber stets benachteiligt. Eine unfrohe, bedrückende Atmosphäre erfüllte das Haus am Friedhof. Alle seine Insassen litten unter der Hoffnungslosigkeit ihres Daseins. Sie erwarteten nichts mehr vom Leben.

Seit einigen Wochen war nun also das Kind Martina im Hause, und seither, das mussten sie alle zugeben, hatte sich doch einiges geändert. Obgleich seine Mutter erst kürzlich gestorben war, sang und plauderte das kleine Ding den ganzen Tag und zwitscherte zwischen den alten Leuten herum. Ihre Großmutter, die alte Frau Bull, war eine kränkliche, mürrische Frau. Gewiss, sie liebte ihr Enkelkind auf ihre Art. Aber Zärtlichkeiten hatte sie ihm nicht zu geben. Außerdem schien es ihr zu lebhaft, und sie war darum froh, wenn Martina so lang wie möglich draußen blieb. Aber es schneite seit Tagen, und Martina hielt es nie länger als eine Viertelstunde auf der Straße aus, zumal sie keinen eigenen Schlitten besaß und die Buben und Mädchen sie nicht mit den ihren fahren ließen, weil sie doch ein Flüchtlingskind und außerdem aus dem Armenhaus war.

So erschien Martina immer schon nach kurzer Zeit wieder bei ihrer Großmutter und war froh, wenn sie ihre „Schluffen", die die Oma ihr aus alten Stoffresten genäht hatte, über die erstarrten Füßchen ziehen konnte. Es dauerte aber gar nicht lange, dann war das Kind bereits wieder verschwunden.

In großer Selbstverständlichkeit besuchte Martina die Mitbewohner des Hauses und schien die grimmigen Blicke der beiden alten Junggesellen gar nicht zu bemerken, wenn sie in ihre Höhle unter dem Dach eindrang und sie in lieblicher Einfalt fragte, ob sie nicht ein bisschen mit ihr spielen wollten.

„Mach die Türe zu, es zieht!", fauchte der eine sie dann wohl an. Lachend erwiderte darauf das kleine Ding: „Ich weiß ein Lied davon!" Und schon sang sie mit ihrem glockenhellen Stimmchen: „Kennst du nicht das neue Lied? Mach die Türe zu, es zieht!" Dann trat sie zu dem anderen, tippte ihm mit spitzen Fingerlein auf die Schulter und fragte: „Was machst du da? Ein Weihnachtsgeschenk für mich?" Sie erschrak kein bisschen, als er sie anfuhr: „Was, Weihnachtsgeschenk? Meinen alten Schuh flicke ich."

Nach zehn Minuten ging dann das kleine Mädchen wieder fort und besuchte einen anderen der Hausbewohner.

„Großmutter Winter", fragte sie die Blinde, „kannst du gar kein bisschen sehen? Auch nicht, wenn du deine Augen weit aufmachst?" Sie selbst kniff ihre Äuglein zu, um sie gleich darauf weit aufzureißen. „Probier doch mal, Großmutter Winter, vielleicht kannst du doch ein klein bisschen was sehen. – Nein, gar nichts? – Aber wart nur, wenn der Herr Jesus mal bei uns vorbeikommt, dann sag ich es ihm. Der kann machen, dass du wieder sehen kannst. Die Tante Regina im Kindergarten – weißt du, als ich noch zu Hause war –, die hat gesagt, er kann alles. – Oder, ich kann es ihm auch heute Abend schon sagen, wenn ich bete". Und pflichtgetreu saß sie wenige Stunden später mit gefalteten Händen in ihrem Bett, das eigentlich kein Bett, sondern nur ein Berg-und-Tal-Sofa war, und betete: „Lieber Herr Jesus, vergiss nicht, der Oma Winter ihre Augen wieder ganz zu machen. Sie kann nämlich gar kein bisschen sehen, auch nicht, wenn sie eine Brille aufsetzt."

Auch Maurers besuchte sie regelmäßig. Mit großer Liebe hing sie an der alten Frau, die in rührender Geduld auf die Fragen des mutterlosen Mädchens einging.

Dass Herr Maurer sich mit ihr kaum abgab, störte Martina nicht. Völlig unvoreingenommen begegnete sie allen Menschen, nur Gutes von ihnen erwartend.

Nun nahte Weihnachten. Martina erwachte eines Morgens. Es war noch ganz dunkel. Sie setzte sich in ihrem Berg-und-Tal-Sofa aufrecht hin, blinzelte in die Dunkelheit und begann mit hellem Stimmchen zu singen: „Alle Jahre wieder kommt das Christuskind . . ."

Aus dem bunt gewürfelten Federbett hob sich der graue, zerzauste Kopf ihrer Großmutter: „Was fällt dir ein? Es ist doch mitten in der Nacht. Wirst du wohl sofort still sein?"

„Aber der Milchwagen ist doch schon vorbeigefahren."

„Das ist egal. Um sieben Uhr in der Frühe stehen wir noch nicht auf. Da brauchen wir nur unnötig Licht und Kohlen. Leg dich wieder hin und schlaf."

Gehorsam legte sich Martina wieder zurück und zog die dünne Decke bis unters Kinn. Es war sehr kalt in der Kammer. Aber schlafen – nein, schlafen konnte sie nicht mehr. So tönte es nach einer Weile vom Sofa her: „Oma, wie lange dauert es noch bis Weihnachten, und wann kommt das Christkind?"

Ärgerlich kam die Antwort aus dem Bett an der Wand: „Wenn du nicht gleich still bist! – Was geht uns Weihnachten an? Und ins Armenhaus kommt das Christkind überhaupt nicht, das kannst du dir merken – vor allem nicht zu solchen ungezogenen Kindern, die nicht gehorchen können. Wehe, wenn du jetzt nicht wieder einschläfst!"

Martina kroch unter die Decke und lachte. – Ja, sie

lachte. Nein, wie war die Großmutter dumm! Oder vielleicht wusste sie es wirklich nicht? Dann konnte sie einem Leid tun. – Aber sie, Martina, wusste es genau. Tante Regina im Kindergarten hatte es gesagt: Zu Weihnachten war das Christkind in Bethlehem geboren. In einem Stall in der Krippe hatte es gelegen. Ja, das kleine Mädchen hatte gut aufgepasst. Hatte die Kindergärtnerin nicht auch gesagt, dass der Herr Jesus immer wieder zu den Menschen käme? – Immer wieder? – Ja, sie wusste es ganz genau. Jetzt kam Weihnachten und damit das Christkind. Die Oma hatte es gewiss nur vergessen. Na, die würde schön staunen, wenn das Christkind wirklich auftauchte! – Selbstverständlich kam es auch ins Armenhaus. Da gab es keinen Zweifel. Martina malte sich aus, wie das sein würde.

Wie war es doch letztes Jahr gewesen? Ja, da hatte die Mama noch gelebt. In ihrem kleinen Stübchen hatte ein winziges Tannenbäumchen gestanden und ein paar Lichtlein hatten daran gebrannt. Aber es war wunderschön gewesen. Die Mama hatte mit ihr gesungen und sie hatten miteinander Lebkuchen geknabbert und mit der neuen Puppe gespielt, die unter dem Christbäumchen lag. Dann hatte die Mutti vom Papa erzählt, der im Krieg gefallen und jetzt beim lieben Gott war. Martina verstand zwar nicht, was „Krieg" und „gefallen" hieß, aber die Mama verstand es, so anschaulich davon zu erzählen, dass es dem Vati jetzt so gut gehe, dass Martina am liebsten auch bei ihm gewesen wäre. – Als dann die Wiesen wieder voll Margeriten waren, hatte man die Mama fortgetragen in einem großen Bett mit vielen Blumen, und Tante Regina hatte gesagt, jetzt sei sie auch beim lieben Gott und beim Papa. Dann hatte man sie zur Oma gebracht. Hier war es ja auch ganz schön – aber oft sehnte sich Martina doch sehr nach der Mutter, die immer gleichbleibend freundlich gewesen war.

Die Witwe Bull versuchte vergeblich wieder einzuschlafen. Das Kind, die Martina, mit ihrem dummen Weihnachtsgeschwätz war schuld daran. Ach, warum musste die Klara auch wegsterben? War es nicht genug, dass das Kind ohne den Vater aufwuchs? Musste es auch noch die Mutter verlieren? Nun hatte man ihr, der alten Frau, die doch ebenfalls Flüchtling war, auch noch das Kind aufgeladen. Gewiss, es war die Enkeltochter, aber was konnte sie ihr schon bieten – hier im Armenhaus?

Auch Frau Bull hatte einmal bessere Tage gesehen. Doch der Krieg hatte alles zerstört. Ihr Mann hatte sich aus Verzweiflung das Leben genommen, nachdem er sein Haus in Flammen aufgehen sah und nichts anderes als die Flucht für ihn übrig geblieben wäre. Von ihrer einzigen Tochter hatte sie lange nichts gehört. Als sie endlich ihre Spur wieder fand, erfuhr sie, dass Klara sich verheiratet hatte, inzwischen aber bereits wieder Witwe geworden war.

Aber als diese später einmal die Mutter aufsuchte, erkannte Frau Bull ihre Tochter kaum wieder. Trotz ihrer Witwenschaft war sie ein fröhliches Menschenkind und versuchte die alte Mutter zu trösten und aufzurichten. „Weißt du", hatte sie gesagt, „mein Mann war ein gläubiger Christ. Durch ihn lernte ich, das Leben mit anderen Augen anzusehen. Wie schade, dass du ihn nicht mehr kennen lerntest. Ich hoffe, ihn im Himmel wiederzusehen."

Sprachlos und beinahe peinlich berührt hatte Frau Bull ihre Tochter damals angeschaut. Über solche Dinge sprach man doch nicht! – Und dann der Himmel? War das nicht überhaupt ein Märchen? – Wer wollte denn das so genau wissen? – Unfasslich, dass ihre Tochter sich so verändert hatte. – Dann war sie plötzlich gestorben und hatte ihrer Mutter nichts als einen Brief hinterlassen.

„Ich muss dir nun meine kleine Martina übergeben. Es fällt mir schwer, mich von dem Kind zu trennen – andererseits aber freue ich mich, zu meinem Mann, zu Martinas Vater, zu kommen. Dort wollen wir dich und die Kleine erwarten. O Mutter, bitte, kommt bestimmt nach. Nichts ist so wichtig, als dass man sich hier auf Erden bereit macht für das, was auf uns in der anderen Welt wartet. Ich danke dir, dass du dich meines kleinen Mädchens annimmst."

Immer wieder hatte Frau Bull kopfschüttelnd den Brief gelesen. Eigentlich war es allerhand, der Mutter so zu schreiben. Liebe Zeit, sie war doch nicht gottlos! Und dann tat Klara so, als wisse sie genau, was nach dem Tode auf sie wartete. Als ob sie nur in eine andere Stadt, an einen anderen Ort gehe, so redete sie vom Sterben. Nein, sie begriff das einfach nicht. Ob das nicht alles nur eine überspannte Schwärmerei war? – Das kam nur daher, dass Klara diesen frommen Mann kennen gelernt und geheiratet hatte. Der mochte sie angesteckt haben mit seinen Ideen. Früher war sie doch ganz vernünftig gewesen!

68

Ja, und nun kam Weihnachten. Sie selbst kümmerte sich freilich nicht darum. Ihr war es vor allem wichtig, dass sie genug Holz zum Feuern und ausreichend Kartoffeln im Keller hatte. Aber dieses Kind, die Martina – die würde ihr jetzt Tag und Nacht keine Ruhe lassen. Das wusste sie genau. Unglaublich, wie zäh die Krabbe war! Die alte Frau Bull spürte es in diesem Augenblick ganz deutlich: Das kleine Ding hatte ihr Herz erobert, wenn sie es auch nach außen hin nicht zeigen konnte. Für Schmusereien war sie nun einmal nicht. Doch was machte sie denn nun, wenn Weihnachten kam? – Na, sie wollte nachher mal nachzählen, was ihr von der Rente noch übrig geblieben war. Vielleicht reichte es doch zu einem Lebkuchenherz. Mehr konnte die Kleine nicht erwarten. Wahrhaftig nicht. Es reichte ja nur zu dem Allernötigsten.

So dachte Großmutter Bull unter ihrem karierten Deckbett. Nur gut, dass die Martina noch einmal eingeschlafen war. Das sah ihr ähnlich, mitten in der Nacht Weihnachtslieder zu singen!

Martina schlief nicht. Arme Oma, dachte sie. Sie weiß nicht einmal, dass bald Weihnachten ist ...

In der obersten Wohnung im Armenhaus wurde wie toll gehämmert. Vater Maurer warf drohende Blicke an die Zimmerdecke. „Die sind wohl übergeschnappt! Jetzt sägen sie auch noch! Da soll doch gleich ...“

Frau Maurer versuchte zu beschwichtigen. „Lass doch, Mann! Sie werden schon wieder aufhören. Du weißt doch, wie kritisch sie sind. Da wollen wir sie nicht auch noch reizen.“

„Ja, ja, natürlich. Du, mit deiner ewigen Sanftmut! Du schweigst, und wenn dir die wackelige Bude über dem Kopf zusammenfällt. So hör doch nur mal an – die hämmern da oben wie verrückt drauflos. Aber ich gehe jetzt rauf. Das kommt ja gar nicht in Frage. Den alten Idioten werde ich die Meinung sagen." Er wandte sich zur Türe.

Angstvoll sprang seine Frau auf, um ihn zurückzuhalten. „Bleib da, Mann, ich bitte dich, tu mir's zuliebe." Dabei fiel ihr ein Bündel, das sie unter der Schürze versteckt gehalten hatte, zu Boden. Errötend und in sichtbarer Verlegenheit wollte sie sich danach bücken. Ihr Mann, misstrauisch geworden, hob es auf. Er hielt das komische Ding nah vor seine etwas kurzsichtigen Augen.

„Was hast du denn da?" Wie jungmädchenhaft rot sie noch werden kann, dachte er, und wie hübsch sie eigentlich noch ist ...

„Eine Puppe aus alten Lappen soll es werden", stammelte Frau Maurer, „ein Geschenk für Martina, weil sie sich doch so auf Weihnachten freut. – Und sie darf nicht enttäuscht werden. – Sie erwartet das Christkind."

„So, so – sie darf nicht enttäuscht werden!", wiederholte ironisch Vater Maurer. Er stellte sich ans Fenster und blickte eine ganze Weile schweigend hinaus auf die Straße, als gäbe es da unten wer weiß was zu sehen.

Frau Maurer stichelte an dem Puppenbalg herum. Sie wagte kaum von ihrer Arbeit aufzusehen. Ob er jetzt gleich lospoltern würde? – Dort oben hämmerten und sägten sie weiter, als ob sie allein im Hause wohnten. Wenn sie doch bloß aufhören wollten! Gleich würde er hinaufgehen und einen Mordskrach beginnen. Oh, wie sie diese Auftritte hasste!

Unfasslich, wie sich ihr Mann verändert hatte. Früher, da war er weit und breit bekannt als der höfliche, stets entgegenkommende Geschäftsmann. Aber seit er alles verloren hatte, war nichts als Verbitterung übrig geblieben. Sie seufzte.

Vater Maurer drehte sich um und sah sie an. Spöttelnd fragte er: „Jetzt stöhnst du wohl, weil du nicht weißt, was du dieser blöden Lumpenpuppe anziehen sollst. Das kommt davon, wenn man unter allen Umständen Weihnachtsgeschenke machen will." Damit ging er zur Kommode, riss brummend eine Schublade auf und kramte darin herum.

Jetzt bringt er mir wieder alles in Unordnung, dachte seine Frau. Aber sie sagte nichts, um ihn nicht noch mehr zu reizen.

Plötzlich warf er ihr eine zerrissene, bunt geblümte Krawatte in den Schoß. „Da – die schenk ich dir, damit du dich nicht blamierst. Vielleicht reicht es noch für 'ne Schürze oder sonst was Ähnliches."

Ein liebevoller Blick streifte ihn. Du guter alter Brummbär, dachte Frau Maurer. Als er aber gleich darauf die Stube verließ, stieg wieder die Angst in ihr hoch. Er wird doch nicht zu den beiden Junggesellen hinaufsteigen! – Sie atmete auf, als sie ihn die Treppe hinab und aus dem Hause gehen hörte.

„Maria und Joseph betrachten es froh", sang Martina mit heller Stimme und drückte die Türklinke zum Stübchen der Blinden herunter.

71

„Da naht mein Sonnenschein", sagte diese. „Du kommst mir gerade recht. Setz dich zu mir und zieh mal deinen Schuh aus."

Martina hüpfte fröhlich heran. „Großmutter Winter, was sagst du dazu? Nun dauert es nur noch drei Tage. Dann ist Weihnachten. Soll ich dir mal ein Weihnachtslied vorsingen?"

„Gerne, mein Liebes – aber zieh zuerst mal dein Schühchen aus."

„Warum?"

Die alte Frau lächelte geheimnisvoll. „Warum? – Darum! Ich will dir deine Füßchen wärmen. Sie sind doch sicher wieder eiskalt." Sie umfasste mit ihren warmen Händen die Füßchen des Kindes, verriet aber nicht, dass sie auf diese Weise die Größe messen wollte. Sie war doch dabei, Martina ein paar Strümpfe zu Weihnachten zu stricken. Gewiss dachte niemand daran, diesem armen Waislein ein Geschenk zu machen. So wollte wenigstens sie es tun.

Aber Martina machte sich gar keine Gedanken darüber. Sie glaubte felsenfest daran, dass das Christkind kommen würde. Es gab überhaupt keinen Zweifel. Und darum sang und klang es unablässlich in ihrem kleinen Herzen. Mit ihrer Freude steckte sie überall, wohin sie kam, bereits ein Weihnachtslichtlein an.

Eigentlich ist es ein haushoher Blödsinn, dachte Vater Maurer, als er durch den hohen Schnee zur Talwiese hinaufstapfte. Aber wenn ich's nicht tu, dann geht sie schließlich selber los und holt einen Tannenbaum. Sie hat es sich nun einmal in den Kopf gesetzt, dem kleinen

Ding eine Bescherung zu machen. Und als wolle er sein gutmütiges Handeln vor sich selbst entschuldigen, sagte er sich: „Sie sieht in letzter Zeit oft so schlecht aus. Wer weiß, wie lange ich ihr noch eine Freude machen kann. Also soll sie mit dem Kind Weihnachten feiern. Bloß – ich selbst will nichts davon wissen."

Etwas später stand er vor dem Förster und brachte in Verlegenheit sein Anliegen vor: Kleines Kind im Haus – wolle unbedingt Weihnachten. Seine Frau habe die lächerliche Idee, dem Kind den Willen zu tun ...

Freundlich streckte der Förster ihm die Hand entgegen und nötigte ihn in seine Stube. Wieso er denn den weiten Weg auf die Talwiese gemacht habe? Gleich hinter dem Altersheim sei doch auch ein Tannenwald. Andere hätten sich wohl kaum lange besonnen und sich einfach selbst bedient.

Vater Maurer schüttelte den Kopf. Nein, zu denen gehöre er nun doch nicht. Er wisse doch, dass es nicht erlaubt sei, sich selbst einen Tannenbaum aus dem Wald zu holen. Darum sei er eben zu ihm, dem Förster, gekommen.

Wohlwollend blickte dieser den alten Mann an. Ein Wort gab das andere. Aus dem Gespräch erfuhr er, dass Maurers in Ostpreußen ein eigenes Geschäft gehabt hatten.

„Verstehen Sie sich auf Buchführung und sonstige Schreibarbeiten?", fragte der Förster. „Ich benötige nämlich gerade im Augenblick eine Hilfe für einige Wochen, und später, wenn ich zufrieden bin, wohl auch sonst einmal. Könnten Sie mir wohl etwas behilflich sein? Ihre Ehrlichkeit imponiert mir. Wenn einer sich nicht scheut, den weiten Weg ins Forsthaus zu machen, nur, weil er das Gesetz nicht übertreten will, dem kann man schon vertrauen."

Eine Stunde später marschierte der alte Maurer so aufrecht wie ein Junger und mit so vergnügtem Gesichtsausdruck wie schon lange nicht mehr den Berg hinunter. Er pfiff sogar ein Lied vor sich hin. Der Wind nahm die Töne mit sich fort. Aber vielleicht war es doch eine Weihnachtsmelodie ...

Hoffentlich läuft mir das kleine Ding nicht gerade über den Weg, dachte er, als er sich dem Hause näherte. Wenn nun schon Weihnachten, dann auch Weihnachtsüberraschung – also erst am Heiligen Abend. Er öffnete die Haustüre. Tatsächlich, da hörte er auch schon Martinas Stimme. Sie saß im Hausflur auf der ausgetretenen Treppe, hatte auf dem Schoß Großmutter Winters schwarze Katze – der es in den Armen des kleinen Mädchens gut zu gefallen schien, denn sie schnurrte behaglich – und erzählte dieser die Weihnachtsgeschichte.

„... weißt du, Muschi – da kamen die Hirten, die in der Nacht ihre Herden, weißt du, die kleinen Schäfchen, gehütet hatten, ganz schnell nach Bethlehem gelaufen. Die Engel hatten ihnen nämlich gesagt, dass dort das Jesuskind geboren war. Weißt du, Muschi ..."

Wohin jetzt mit dem Bäumchen?, dachte Vater Maurer. Die Kellertüre war das Nächste. Also hinein. Er lächelte über sich selbst. Bloß gut, dass keiner der anderen Hausbewohner sah, wie albern er sich benahm.

In diesem Augenblick wurde zum zweiten Mal die Kellertüre geöffnet. Mit einem Satz kam eine Männergestalt auf ihn zu und fiel in der Dunkelheit mit einem schweren Gegenstand im Arm direkt auf Vater Maurer, der nicht schnell genug Platz machen konnte.

„Au!", rief er und tastete suchend nach dem Schalter. Im aufflammenden Licht standen sich die beiden Männer gegenüber und blitzten sich zunächst aus bitterbösen Augen an.

„Sie also haben den ganzen Tag so über meinem Kopf gehämmert", wollte Vater Maurer gerade auffahren, denn er hat einen der alten Junggesellen aus dem oberen Stockwerk vor sich. Als er aber sah, dass dieser einen wenn auch ziemlich plump geratenen, aber eben doch einen Kinderschlitten unter seinem Arm trug, kam plötzlich etwas wie Rührung über ihn. Er sagte etwas ganz anderes, als was er ursprünglich sagen wollte.

„Wohl auch für das Kind?"

Der andere nickte und erwiderte im Flüsterton, während er mit dem Daumen nach oben deutete: „Sie sitzt auf der Treppe und erzählt der Katze die Weihnachtsgeschichte. Da konnte ich doch nicht vorbei. Ich war soeben beim Schmied und habe zwei Eisenbänder unter den Schlitten machen lassen, damit er auch fährt."

Vater Maurer nickte und hob sein Bäumchen dem anderen unter die Nase. „Auch für das Kind", sagte er. Die beiden alten Männer strahlten sich an.

Als Martina endlich ihre Weihnachtsgeschichte fertig erzählt oder die Katze die Geduld verloren hatte – jedenfalls war der Zugang frei –, gaben sich die Männer verständnisinnig lächelnd die Hand und schlichen auf Zehenspitzen die Treppe hinauf, jeder in seine Wohnung.

Bis zum Heiligen Abend wussten es alle im Haus: Beim Dunkelwerden würde das Christkind zu Maurers kommen, um Martina zu bescheren. Frau Maurer hatte es selber gesagt. Die kannte auch noch allerlei Weihnachtslieder und sang sie mit der Kleinen, wenn diese sie besuchte und ihr Mann gerade nicht zu Hause war. In den letzten zwei Tagen hatten sie sogar gesungen, wenn er dabei war. Und in Mutter Maurers Augen lag ein so frohes Leuchten, dass selbst Martina sagte: „Tante Maurer, du bist so froh, nicht wahr, weil Weihnachten ist?"

„Ja, Kind, weil Weihnachten ist." Sie konnte es dem Mädchen natürlich nicht sagen, wie überglücklich sie gewesen war, als ihr Mann mit dem Weihnachtsbäumchen nach Hause gekommen und ihr von seinem Erlebnis mit dem Förster erzählt hatte. Ihm war natürlich die Aussicht, wenigstens aushilfsweise Arbeit zu bekommen, viel wichtiger als Weihnachten und das kleine Tannenbäumchen. Aber sie freute sich doch unsagbar darüber, dass er sich überwunden hatte und seine Einwilligung gab, dem Kind eine festliche Stunde zu bereiten.

Alle halbe Stunde steckte Martina ihr Köpfchen in jede der kleinen, armseligen Wohnungen: „Um halb sechs Uhr kommt das Christkind!"

„Bring deine Oma auch mit", hatte Frau Maurer gesagt. Sie wollte der alten Frau Bull nichts von ihrem Recht nehmen. Aber diese hatte ihr schon vor ein paar Tagen gesagt: „Die Martina macht mich ganz nervös mit ihrem ewigen Reden von Weihnachten. Ich hab doch kein Geld." Als ob man unbedingt Geld bräuchte, um Weihnachtsfreude zu bereiten! Sie selbst, Frau Maurer, hatte keinen Pfennig ausgegeben. Ein paar Kerzen hatte ihr Mann von einem der alten Ehepaare im gleichen Stockwerk geschenkt bekommen, nachdem dieses vom Fenster aus ihn mit dem Bäumchen hatte kommen sehen.

„Wohl für die Martina?", hatte die Frau gefragt. „Na, dann wollen wir auch etwas dazu beitragen." Die Lappenpuppe hatte ein bunt gestreiftes Dirndlkleidchen aus einem alten Halstuch und eine geblümte Schürze aus Vaters alter Krawatte bekommen, dazu Zöpfe aus Wolle, die von aufgezogenen Socken stammte. Sie sah wunderschön aus. So fand es wenigstens Frau Maurer, wenn auch ihr Mann sie skeptisch beäugt und mit „hässlicher Zwerg" betitelt hatte.

Als Martina am Heiligen Abend an der Hand ihrer Großmutter, die dankend die Einladung angenommen hatte, das Zimmer betrat, brach sie in lauten Jubel aus. „Das Christkind war da! Das Christkind war da! Oh, das Bäumchen – und die wunderwunderschöne Puppe."

Den beiden Frauen traten die Tränen in die Augen, und als Oma Bull unter ihrer Schürze ein großes Lebkuchenherz hervorzog und es der Enkeltochter gab, da war es beinahe der Freude zu viel.

Aber es sollte noch mehr kommen. Der Jubel des Kindes war durchs ganze Haus gedrungen. Die beiden alten Junggesellen hatten eine Weile vor dem Spiegel gestanden und sich zurechtgezupft – die Haare, den Stehkragen. Sie hatten sich richtiggehend fein gemacht. Da sie keine Flüchtlinge waren, besaßen sie noch so etwas wie einen ordentlichen Anzug, wenn er auch schon in allen Farben schillerte. Sie hatten es sich nun einmal in den Kopf gesetzt, ihren selbst gebauten Schlitten dem Kind unter dem einzigen Christbaum im Hause zu bescheren, zumal man sich bei der seltsamen Begegnung auf der Kellertreppe doch etwas näher gekommen war.

Als sie zögernd an Maurers Türe klopften, wurde ihnen gleich aufgetan. Martina flog ihnen entgegen: „Seht doch, seht doch, meine Puppe und ein Christbaum und – oh – oh – ein Schlitten, ein richtiger Schlitten! Ist der für mich?"

Frau Maurer nötigte die Besucher zum Sitzen. Sie besaß drei ganze Stühle. Aber nun wollte Martina unbedingt, dass auch Oma Winter dabei sei. „Alle sollen sie mit uns Weihnachten feiern! – Alle!" Und die Blinde kam. Frau Bull führte sie herein. In ihren zitternden Händen hielt sie die selbst gestrickten Kinderstrümpfe. Gab das eine Freude! Schließlich waren alle Bewohner des Armenhauses unter dem winzig kleinen Tannenbäumchen versammelt. Waren es die fünf Kerzen, die den hellen Schein spendeten, oder war es die Freude, die aus aller Augen leuchtete?

„Nun müssen wir singen!", bestimmte Martina. Erst hörte man sie nur allein mit Frau Maurer – aber wer konnte den bittenden, glückstrahlenden Kinderaugen widerstehen? Schließlich sangen sie alle. Erst zitternd, scheu und schamvoll – dann schon beherzter. Türen sprangen in den erstarrten Herzen auf, Erinnerungen wurden wach. Es war doch Weihnachten!

Die Nachbarn hatten schnell ein paar Stühle herbeigeholt, damit alle sitzen konnten. Als man nun kein Lied mehr zu singen wusste, reichte Mutter Maurer ihrem Mann die Bibel. Ihre Augen baten: „Lies uns doch die Weihnachtsgeschichte." Er schüttelte abwehrend den Kopf.

„Tu's mir zuliebe", bettelte sie. „Es ist mein Weihnachtswunsch."

Und weil er sie trotz seines ewigen Brummens und Nörgelns noch immer lieb hatte, tat er ihr den Gefallen und las: „Es begab sich aber zu der Zeit, dass ein Gebot von dem Kaiser Augustus ausging, dass alle Welt geschätzt würde ..."

Sie waren alle ganz still. Auf die gefalteten Hände tropften Tränen. Weihnachten im Armenhaus! Ein Kind hatte es fertig gebracht, Licht in diese Dunkelheit zu tragen. Ein Kind, mit einem kindlich gläubigen, vertrauenden Herzen.

Als die Männer nachher ihre Pfeifen ansteckten, setzte Frau Maurer schnell den Wasserkessel auf. Die Frauen liefen, um mit Tassen auszuhelfen. Jede brachte noch ein wenig Weißbrot oder Gebäck mit. Und dann saß man beim Weihnachtskaffee gemütlich beisammen. Es war schrecklich eng, aber wunderschön! Und mitten zwischen den Alten saß das Kind Martina, das die Weihnachtsfreude und Hoffnung hineingetragen hatte in die Dunkelheit des Armenhauses. Es lehnte das Köpfchen an die Großmutter und sagte: „Siehst du, Oma, nun hab ich doch Recht gehabt. Das Christkind ist zu uns gekommen!"

Dann waren alle zur Ruhe gegangen. Ganz still war es im Armenhaus geworden. Martina lag auf ihrem Berg-und-Tal-Sofa, selig schlafend – ihre Lumpenpuppe ans Herz gedrückt.

Nur Mutter Maurer lag wach, und sie wusste: Ihr Mann schlief auch noch nicht. Heute wagte sie es und fasste nach seiner Hand: „Kannst du auch nicht schlafen, Vater?", fragte sie. Und dieses Mal entzog er ihr die Hand nicht. Er hielt sie fest mit warmem Druck.

„Ich musste eben darüber nachdenken, Mutter, wie es kommen mag, dass die Weihnachtsgeschichte immer noch gelesen wird und uns einfach ergreift. Jetzt haben wir doch schon so viel erlebt: das Kaiserreich – weißt du noch, wie wir gesungen haben: Dem Kaiser Wilhelm haben wir's geschworen … Dann kam das Dritte Reich, da haben wir gesungen –"

„Komm, hör auf", wehrte seine Frau. „Rede nicht davon."

Er aber fuhr fort: „Den Zusammenbruch unseres Volkes, den Einmarsch der Siegermächte haben wir erlebt, nach dem Ersten und dem Zweiten Weltkrieg. – Wer weiß, was alles noch kommen wird! – Aber die Weihnachtsgeschichte – sag, Frau, wie kommt es, dass die uns immer noch packt – ich meine, überhaupt alles, was die Bibel sagt. Schau, ich habe geglaubt, ich sei fertig damit. Du weißt ja selbst, wie ich mich dagegen empört habe, erst vor kurzem noch! Aber als ich heute die Weihnachtsgeschichte gelesen habe, so wie früher – als – als … Er schluckte und seine Stimme wurde unsicher: „… als unsere Kinder noch lebten …"

„… und wir alle miteinander noch Weihnachten feierten", ergänzte seine Frau.

„Ja, genau wie damals", fuhr er fort, „aber heute habe ich es nur dir zuliebe getan. Da, als ich die Weihnachtsgeschichte las, war es mir plötzlich wie – ja wie soll ich es dir beschreiben? – wie ein Gruß aus einer besseren Welt. Ich dachte: Wenigstens das ist uns geblieben, nachdem wir alles verloren haben: Friede auf Erden, und den Menschen ein Wohlgefallen ... Ach, Mutter, wenn es doch Wahrheit wäre, wenn ich es doch wieder glauben könnte!"

Frau Maurer hielt die Hand ihres Mannes fest in der ihren und sagte: „Himmel und Erde werden vergehen – aber meine Worte werden nicht vergehen! – So steht es geschrieben."

In ihr brach ein großes Feiern an. Ihr Mann würde heimfinden, er, der ein Flüchtling war und sich in der Fremde befand ...

Es war Weihnachten geworden.

Das Silberfädchen

„Dem würd ick was anderes sagen, det können Se mir jloben, dem würd ick den Standpunkt schon klar machen, von wejen in den Zustand nach Hause kommen. Ha, det wär ja jelacht!"

Frau Schulske stemmte ihre kräftigen Arme in die Seiten und blitzte mit einem herausfordernden Blick das vor ihr stehende, hagere, ältere Fräulein an. Schon eine ganze Weile standen die beiden auf den Treppenstufen zusammen und beklatschten ausgiebig die neuesten Nachrichten ihres Hauses. Dazu brauchte man allerdings Zeit, denn das Haus Kanalstraße 47 hatte mit seinem Seitenflügel und den beiden Hintergebäuden nicht weniger als 53 Familien zu beherbergen. Na, und über deren Verhältnisse orientiert zu sein, das bedeutete schon etwas! Eben waren die beiden Frauen mit ihrem Klatsch im zweiten Hinterhaus, 4. Stock, angelangt.

„Wenn ick det Elend betrachte, denn bin ick allemal froh, det ick nich verheiratet bin", seufzte jetzt das alte Fräulein. „Nich etwa, det ich keene Möchlichkeit jehabt hätte, mindestens zehnmal hätte ick mir verheiraten können, aber... "

Frau Schulske, die die Lebensgeschichte ihrer Hausgenossin zur Genüge kannte, wurde ungeduldig. „Ick wees es ja, Fräulein Lehner, ick wees es ja. Det ha'm se mir schon hundertmal erzählt, aber wat ick noch sagen wollte, also dem ollen Säufer jehört mal 'ne orndliche Tracht Prüjel, weiter nischt, det sage ick."

„Jawoll, da ha'm se janz Recht", stimmte Fräulein Lehner bei, „der olle, pflichtverjessene Kerl, aber ick meene, die Weiber sind oft ooch nich schuldlos an die Sachen. Wat die Stellmachern is, die war einfach nich energisch jenug, die hätte man ruhig mit die Faust uf'n Tisch kloppen dürfen. Jawoll, det is meene Meinung. Ick for meene Person ... hu, Frau Schulske, ... er kommt! "

Beide Frauen stießen einen leichten Schrei aus und verschwanden lächerlich schnell in ihren Wohnungen.

Es musste schon ein triftiger Grund sein, der den plötzlichen Abbruch des wichtigen, in schönstem Berliner Dialekt geführten Hausklatsches zur Folge hatte.

Über den Hof taumelte, obgleich es am hellen Nachmittag war, ein großer, kräftiger Mann, der einen stattlichen Eindruck hätte machen können, wenn er nicht durch den Trunk so grenzenlos heruntergekommen wäre. Unordentlich hingen seine Kleider an seinem Körper, ein ungepflegter, zerzauster Bart gab ihm ein wildes Aussehen. Aus den zerrissenen Schuhen guckten die Zehen hervor. Es war ein Bild vollständiger Verkommenheit. Man konnte sich schon fürchten vor diesem verwahrlosten Menschen und hätte die eilige Flucht der beiden Klatschbasen vom Treppenhaus gut begriffen, wenn sie sich nicht kurz vorher mit solchen großsprecherischen Redensarten hervorgetan hätten. Jetzt standen sie beide hinter ihren gut verschlossenen und außerdem mit der Sicherheitskette versehenen Wohnungstüren und äugten im Wohlgefühl ihres nunmehrigen Geborgenseins durch das Guckloch, das an allen Türen der Berliner Häuser angebracht ist.

„Mensch, dir jehört die Jacke voll", murmelte Frau Schulske ingrimmig vor sich hin, als sie ihn an ihrer Wohnungstür vorbeitaumeln sah. Fräulein Lehner aber seufzte aus aufrichtigem Herzen: „Ick bin nur froh, det du nich mein Mann bist."

Keine von beiden aber dachte auch nur einen Augenblick an das blasse, schmächtige Kind, das in diesem Augenblick am ganzen Körper zitternd, mit zusammengekrampften Händen in einer Ecke der armseligen Wohnung kauerte und in fürchterlicher Angst vor sich hin flüsterte: „Er kommt, lieber Gott, er kommt!"

Dachte überhaupt irgendjemand im ganzen Haus darüber nach, was das Kind, diese elfjährige Lore Stellmacher, durchmachte, was sie litt, Tag um Tag, Stunde um Stunde ihres jungen, freudlosen Lebens, besonders seit die Mutter sie sterbend in dieser ganzen Not zurückgelassen hatte?

Sie hatten alle so schrecklich viel mit sich selbst zu tun, die 53 Familien in der Kanalstraße 47. Man konnte sich wirklich nicht auch noch um das fremde Kind kümmern. Und dann wusste man auch nicht, wie der stets betrunkene Vater des Mädchens ein Einmischen in seine Familienverhältnisse auffassen würde. Nein, nein, das ging nicht. Übrigens, er schien das Kind nicht eigentlich zu misshandeln, denn man hörte es nie schreien. Also kümmerte man sich nicht darum.

Nein, Lore Stellmacher schrie nicht. Selbst wenn der Vater in sinnloser Wut auf sie einschlug, dann wimmerte sie nur wie ein armes, verwundetes Tier. Oft, wenn sie meinte, es nicht mehr aushalten zu können, dann steckte sie ihren Kopf in den zerrissenen Bezug ihres Bettes und weinte da hinein. So hatte sie es gestern gemacht, als der Vater in seiner Betrunkenheit den Feuerhaken nach ihr geworfen und ihr eine Wunde am Kopf beigebracht hatte.

Nein, das laute Schreien und wilde Sichwehren lag dem blassen Kind nicht. Es hatte mehr die stille Art der Mutter, die schweigend Jahr um Jahr geduldet hatte als Märtyrerin eines rohen Trunkenboldes, bis sie vor drei Monaten erlöst wurde.

Was wussten die Bewohner der Kanalstraße 47 von den Schreckensszenen, die sich in der armseligen Behausung im 4. Stock des zweiten Hinterhauses Tag für Tag abspielten? Was wissen wir viel beschäftigten Menschen überhaupt vom Leid unseres Nächsten? Wir sehen bisweilen wohl das zerrissene Kleid, die heruntergetretenen Schuhe oder den leeren Brotkorb, aber ins Herz, in das wunde, wehe Herz sehen wir gewöhnlich nicht. Dazu muss man schon ein ganz scharfes Auge, vor allem aber eine zarte und feine Seele haben.

Lore Stellmacher sprach auch zu niemand von ihrer Angst, von den Schreckensstunden in der Nacht, wo sie einsam in der unfreundlichen Kammer lag und die Angst sie nicht schlafen ließ. Wem sollte sie es auch sagen, dass der Vater wie ein Tier, nein, schlimmer als ein Tier tobte und schrie und auf sie losschlug, bis er selbst vollständig ermattet in einer Ecke liegen blieb, um seinen Rausch auszuschlafen, in den er, sobald er Geld in seinen Händen hatte, wieder verfiel.

Nein, so etwas konnte man niemand, gar niemand sagen. Oder hätte sie etwa mit den Schulkameradinnen, die sie wegen ihrer zerrissenen Kleidchen und Schuhe auslachten, darüber sprechen sollen? Nein, das musste man tief in seinem Herzen vergraben. Nur ganz leise und heimlich nach der Mutter rufen, das konnte man. Besonders wenn die Sterne so klar am Himmel blinkten. Vom Fenster der Dachwohnung aus sah man nämlich für Berliner Verhältnisse ein ganz schönes Stück Himmel. Da stand dann Lore oftmals in der Nacht am Küchenfenster, wenn der Vater ausgetobt hatte, und wimmerte: „Mutter, Mutter, ich bin so schrecklich alleine. Warum bist du von mir gegangen? Hol mich doch, Mutter, hol mich doch!" Und dann lehnte das einsame Kind den Kopf an das Fenster und schluchzte herzzerreißend.

Aber das wussten die Bewohner der Kanalstraße 47 natürlich nicht, denn die waren sehr solide. Um diese Zeit schliefen sie alle längst, nachdem sie um 11 oder um 12 Uhr aus der Wirtschaft oder dem Kino gekommen waren, wenn sie zu solchen Extravergnügungen das nötige Kleingeld besaßen. Aber um drei Uhr nachts schliefen sie alle.

Manchmal schlafen die Menschen mit offenen Augen, während sie ihrer Arbeit oder ihrem Vergnügen nachgehen, während sie lachen und scherzen und sich großspurig über die Zeitverhältnisse zu unterhalten wissen, sonst müssten sie mehr von den dunklen Wolken am Himmel ihres Nächsten sehen.

Lore Stellmacher stand zitternd in der Stube, als der Vater hereinstolperte. Angstvoll waren die Kinderaugen auf ihn gerichtet. „Was glotzt du mich so an, als wäre ich ein Gespenst!", fuhr er sie an. „Schaff mir das Essen auf den Tisch." Und als er die Pellkartoffeln sah, nahm er die Schüssel und schmetterte sie mit einem Fluch an die Wand, dass die Scherben bis in die äußersten Ecken sprangen und die Kartoffeln weit unter die wenigen Möbelstücke kollerten.

„Solch einen Fraß setzt du mir vor?", schrie der Betrunkene und schlug auf das blasse Kind ein. „Ich will dir schon Manieren beibringen."

„Der Alte ist wieder total verrückt", sagten die Nachbarn und schüttelten den Kopf. „Scheinbar zerschlägt er sämtliches Geschirr. Dem Kind scheint er nichts zu tun, man hört kein Geschrei." Das Kind aber kauerte schluchzend in einer Ecke: „Mutter! Mutter!"

Das Christfest, das Fest der Liebe und Freude, kam heran. Lore Stellmacher, das Kind im zweiten Hinterhaus, gehörte zu denen, in deren dunkler Kammer kein einziges Weihnachtslichtlein brannte. Als es anfing dunkel zu werden, da erfasste das arme Kind eine unbeschreibliche Sehnsucht nach ein wenig Festfreude, nach Lichterglanz und Weihnachtsgesang. Es war ihr so bang, so unheimlich in der einsamen Dachwohnung, außerdem fror sie entsetzlich, gestern hatte sie die letzten Kohlen in den kleinen Ofen geschüttet, nein, es war unsagbar ungemütlich in der engen Kammer. Sie nahm ein Tuch vom Haken, Mutters Umschlagtuch, ihr Mantel war ihr viel zu kurz geworden, außerdem war er zerrissen, und tappte leise hinaus. Auch in der Kanalstraße 47 feierte man Weihnachten. Das Treppenhaus hallte wider von, wenn auch nicht immer harmonischen, so doch frohen Gesängen. In Stippkes Wohnung knarrte ein Grammophon, und von irgendwoher entströmte gar ein zarter Duft von Gänsebraten und hüllte

den ganzen Hausgang ein. Da kam ein fast unerträg-
liches Hungergefühl über das blasse Kind im bunt
karierten Tuch. Es dachte daran, dass es seit gestern
Abend, wo es ein paar kalte Kartoffeln herunterwürgte,
nichts mehr gegessen hatte. Oh, nur einmal wieder
richtig essen können, nur einmal wieder satt sein!

Nun hastete es über den dunklen Hof. Aus dem Vorderhaus schallte Radiomusik. Schneeflocken wirbelten
in der Luft, und jetzt, jetzt setzten die Weihnachts-
glocken ein von allen Türmen. Das war ein Jubeln, ein
Rufen, ein Singen und Klingen!

Weihnacht! Weihnacht!

Lore lehnte an einer Hausmauer. Sie hatte auf einmal
ganz fürchterliches Herzklopfen. War es körperliche
Schwäche oder das nicht zu hemmende, wild über sie
herfallende Wehmutsgefühl: Es ist Weihnachten, Heiliger Abend, und ich bin ganz allein, mutterseelenallein,
kein Mensch kümmert sich um mich! Es gingen wohl
noch ein paar Eilige auf der Straße umher, aber da sah
keiner das zitternde Kind in der dunklen Hausnische.
Sie trugen Päckchen und Pakete und strebten alle einem
Ziel zu. Irgendwo brannten und leuchteten für sie
Lichter an festlich geschmückten Bäumen. Früher, ja,
da hatte Lore auch ein Bäumchen gehabt, sogar letztes
Jahr noch, da die Mutter schon so elend und krank im
Bett gelegen hatte, Lore wusste es noch ganz genau,
aber was war das für eine Freude gewesen mit diesen
drei Lichtlein! Und es war so praktisch, dass das
Bäumchen so winzig klein gewesen war, so konnte man
es eins, zwei, drei, unter das Bett befördern, wenn der
Vater betrunken nach Hause kam, denn der durfte das

nicht wissen. Und Mutter und sie hüteten fürsorglich ihr Geheimnis.

Armes kleines Mädchen, das seine Freude ängstlich verstecken muss! Heute aber war es ganz allein und hatte nichts zu verbergen, auch nicht das kleinste Freudenlichtlein zu verstecken.

Langsam war Lore weitergegangen. Beim Kaufmann Kringel waren die Rollläden noch nicht ganz heruntergelassen. Da konnte sie hineinblinzeln in das Weihnachtszimmer. Ah, dieser wunderbare Baum, dieser Lichterglanz, und drei jauchzende Kinder in festlichen Kleidern spielten mit ihren Weihnachtsgeschenken unter diesem märchenhaften Glanz. Daneben standen die Eltern, Vater und Mutter mit überglücklichen Gesichtern, und jetzt – Lore konnte es ganz genau sehen –, jetzt fassten sie sich bei den Händen und küssten sich und sahen so froh aus. Nun bestürmten die drei Kinder die Eltern, sie umarmten sie und jauchzten und lachten. Das war Weihnacht! Und die Frau in dem weichen, hellblauen Kleid mit dem wunderbaren, blonden Haar setzte sich ans Klavier und spielte ein Weihnachtslied, und die Kinder stimmten mit ein: Stille Nacht, heilige Nacht!

Nun musste Lore plötzlich ihr Gesicht auf die kalte, schneebedeckte Fensterbank legen und furchtbar weinen – nicht laut, o nein, sie war es längst gewöhnt, ihren Schmerz nicht preiszugeben, aber es war doch ein so unsagbar bitterliches Weinen, ein Weinen, das den ganzen Körper erschütterte, dass das kleine Herzchen fast zerbrach. Es hatte gar nicht gemerkt, dass ihm das Tuch von den Schultern geglitten war. Der Jammer war so unaussprechlich, dass Lore nur einen einzigen Gedanken hatte: Könnte ich doch sterben, gerade hier, jetzt auf der Stelle, gerade von hier aus in den Himmel gehen, jetzt, nachdem ich gesehen habe, wie Weihnachten ist. Es schien ihr einfach unerträglich, von diesem licht- und freudenerfüllten Bild, das sie geschaut hatte, wieder zurück in ihre dunkle Dachkammer zu müssen.

Eine ganze Weile hatte sie weinend am Fenster gestanden, da hörte sie eilige Schritte hinter sich. Die Angst, an ihrem Lauscherplätzchen entdeckt zu werden, ließ sie davonhuschen. Da es aber eine ziemlich dunkle Straße war, gab es einen kleinen Zusammenstoß. Ein elegant gekleidetes junges Paar murmelte ein paar ärgerliche Worte und eilte weiter.

Jetzt erst bemerkte Lore, dass sie ihr Tuch verloren hatte. Als sie zurücklief und sich danach bückte, blinkte ihr etwas Zartglänzendes entgegen. Sie hob es auf. Es war ein Silberfädchen. Oh wie es schimmerte, ein richtiges Weihnachtsfädchen. Ob es wohl aus Silber war? Echt Silber? Vielleicht war es etwas ganz Wertvolles? Wer mochte es verloren haben? Ganz gewiss die beiden Leute, die eben an ihr vorbeigegangen waren. Dann mussten sie es zurückhaben. Die Mutter hatte es ihr ernstlich eingeschärft, ja nie etwas zu behalten, was ihr nicht gehöre. Und dieses Fädchen war bestimmt etwas Wertvolles, sonst hätte es nicht so geglitzert und gestrahlt. Sie musste den beiden nacheilen.

Lore lief so schnell sie konnte. Das junge Paar war schon ganz hinten am Ende der Straße. Lore musste rufen, um es zu erreichen. „Hallo, hallo!"

Endlich drehten die beiden sich um.

„Hallo, Sie haben etwas verloren!" Keuchend holte das Mädchen sie ein und hob mit zitternder Hand das Silberfädchen empor.

Da lachte der junge Mann laut auf. „Ich glaub's dir bald – was sollen wir denn damit? Ein lumpiges Stück Bindfaden!"

Seine schöne Begleiterin im kostbaren Pelzmantel aber stampfte ärgerlich mit ihrem kleinen Fuß auf, der in einem festen, warmen Überschuh steckte. „Wegen so einer albernen Geschichte hältst du uns auf, wo wir es so eilig haben. Mach, dass du weiterkommst." Und dann ließen sie das Kind stehen und gingen davon. Die junge Dame war sehr entrüstet. „Weißt du, was ich glaube?", sagte sie zu dem Herrn an ihrer Seite, „das ist ein ganz raffiniert ausgedachter Trick. Das Mädel wollte von uns irgendetwas ergattern. Es meinte, wir fallen auf diesen Unschuldsblick und die Ehrlichkeitskomödie herein. Ha, zu lächerlich, eine Belohnung für einen Lamettafaden."

„Sie machte ja wirklich einen armseligen Eindruck", versuchte der junge Mann einzulenken, „vielleicht hätte man ihr ein paar Pfennige geben sollen."

„Ach was, dummes Zeug, ich bin ganz gegen diese aufdringliche Bettelei, besonders, wenn es mit einer solchen Durchtriebenheit geschieht." Sie war wirklich sehr empört, die junge, hübsche Dame.

Lore aber stand noch immer an demselben Fleck, blickte den Davoneilenden nach, und dann wieder auf das Silberfädchen in ihrer Hand. Also diesen beiden gehörte es nicht? Dann durfte sie es wohl selbst behalten? Ein Bindfaden sei es? Na, dann hatten die eben nicht richtig hingeschaut, ein richtiger Silberfaden, ein Weihnachtsfaden war es. Sie ging langsam unter eine Laterne, um es in deren Schein besser erkennen zu können. Jawohl, es war ein Silberfaden. Aber woher mochte der gekommen sein? Direkt neben dem Tuch am Fenster des Kaufmanns Kringel hatte er gelegen. War er denn schon vorher dort gewesen? Oder hatte ihn vielleicht das Christkindlein zu ihr herabgeworfen, weil es gesehen hatte, wie traurig und verlassen sie war, oder etwa gar die Mutter? Lore blickte fast ehrfurchtsvoll zum Himmel empor. Es hatte aufgehört zu schneien, klar und leuchtend standen die Sterne am Himmel. „Mutter", flüsterte Lore und drückte das Silberfädchen an ihr Herz. Nun hatte sie auch eine Weihnachtsfreude, ganz froh und leicht wurde es ihr einen Augenblick, und als sie auf einem verlassenen und völlig ausverkauften Christbaummarkt noch ein kleines Tannenzweiglein fand, da war sie wirklich glücklich.

Mit ihren blaugefrorenen Händen wand sie das Silberfädchen um die harzduftenden Tannennadeln und summte im Weitergehen leise vor sich hin: „O du fröhliche, o du selige, gnadenbringende Weihnachtszeit!" Nun hatte sie auch ein Weihnachtsgeschenk.

Lore, Lore, du vergisst, dass der Vater inzwischen nach Hause gekommen ist, wieder total betrunken. Wie wird's dir gehen, wenn du heimkommst?

„Der Alte hat scheinbar vollständig den Verstand verloren", sagten die Nachbarn, als sie ihn etwas später brüllen und toben hörten, „er soll sich schämen, heute am Heiligen Abend. Man muss dem Kind morgen einen

Lebkuchen schenken, damit es auch weiß, dass Weihnachten ist." Aber sie vergaßen es dann wieder, die Leute aus der Kanalstraße 47, weil sie so schrecklich viel zu tun hatten mit sich selbst.

Auch im Hause des Doktor Maydorn hatte man den Heiligen Abend festlich begangen. Jetzt waren die Lichter an der mächtigen Tanne, die im Erker des geschmackvoll eingerichteten Salons stand, niedergebrannt. Die beiden Kinder waren zu Bett gegangen, und Lisa, die Köchin, sowie Hanna, das Zimmermädchen, hatten noch einige Vorbereitungen für den morgigen Tag zu treffen. Herr und Frau Doktor Maydorn saßen allein in dem halbdunklen Zimmer, in dem nur drei hohe Kerzen in einem stilvollen Leuchter Licht verbreiteten.

Behaglich hatten sich beide in den tiefen Sesseln niedergelassen. Wie wohltuend war die Stille! Schon seit Tagen war man nicht mehr zur Ruhe gekommen. Die Vorbereitungen für das Fest hatten so viel Zeit und Kraft in Anspruch genommen. Doktor Maydorn, der leitender Arzt eines der großen städtischen Berliner Krankenhäuser war, hatte besonders schwere und anstrengende Tage hinter sich. Jetzt freute er sich auf die beiden Weihnachtsfeiertage, die ihm wohl auch ein wenig Ruhe schenken würden.

„Es war schön heute Abend", sagte Frau Maydorn und dachte dabei an die Bescherung. Seit Jahren war es so, dass man im Doktorhause vor der eigenen Festlichkeit im Familienkreis eine Bescherung für einsame und allein stehende Personen vorbereitete. Auch die beiden

Kinder wurden dahin erzogen, bevor sie an eigene Freude und Überraschung dachten, irgendeinem armen, traurigen Menschen ein Fest zu bereiten. So war es auch heute wieder gewesen. In Gedanken durchlebten die Doktorsleute noch einmal die Feststunde mit ihren Gästen.

„Hast du auf den Gesichtsausdruck des alten Hausierers geachtet, Magdalene?", fragte der Arzt seine Gattin. „Es war rührend, die Freude warf ihn beinahe um."

„Ja, und die Putzfrau holte ein Taschentuch nach dem andern aus ihrer umfangreichen Handtasche hervor, weil sie ihrer Tränen einfach nicht mehr Herr wurde, aber es waren Freudentränen."

„Und der kleine Schneidermeister."

„Aber warum mag die Marielene nicht gekommen sein?"

„Richtig, die hat ja gefehlt. Hattest du sie persönlich eingeladen?"

„Aber gewiss doch, Fred, erst vorgestern war sie doch noch hier."

„Hat sie denn zugesagt?"

„Du weißt ja, wie sie ist. Obwohl sie nun schon seit Jahren in unserem Hause ein- und ausgeht, ist sie immer noch rührend schüchtern, immer bemüht, sich niemand aufzudrängen und nirgends im Wege zu stehen. Dabei ist sie ein vorbildlich pflichtgetreuer Mensch. Es schien mir, dass sie sich sehr über die Einladung freute. Aber ich sah es eigentlich nur ihren Augen an, sagen konnte sie nichts."

„Ja, die Augen der Marielene", fuhr Doktor Maydorn

fort. „Das ist etwas ganz besonderes. Ein Quell von Herzensgüte schimmert einem da entgegen, dass man sich ganz klein und gering vorkommt, wenn man in diese Tiefe blickt."

Doktor Maydorn war als tüchtiger Arzt bekannt. Seine vielen Erfolge waren nicht zuletzt darauf zurückzuführen, dass er sich nicht nur mit dem körperlichen Zustand seiner Patienten befasste, sondern auch ein Auge und feines Verständnis für deren seelische Beschaffenheit hatte. „Ein kranker Körper kann viel eher genesen, wenn seine Seele gesund ist", pflegte er oft zu sagen. Er bewertete einen Menschen nie nach seinem Äußeren, sondern versuchte immer den Kern, den inneren Wert zu finden. So sagte er von Marielene: „Sie ist ein wertvoller, feiner Mensch." Er sah nicht ihren schmächtigen, schief gewachsenen Körper, sondern ihre guten, seelenvollen Augen

„Hoffentlich ist sie nicht krank", sagte Frau Maydorn. „Ich will gleich morgen früh Hanna schicken, damit sie nach ihr sehe."

Marielene Holzmann war seit Jahren im Doktorhaus als Flickfräulein tätig. Ihre schmalen Hände vermochten keine groben Arbeiten zu leisten. Aber niemand konnte besser Wäsche ausbessern, Strümpfe stopfen und gute Handarbeit anfertigen als sie.

Marielene war die älteste Tochter eines Dorfschullehrers gewesen. Es war gewiss oft recht kärglich zugegangen bei den sieben Kindern, und Marielene hatte frühzeitig tüchtig mithelfen müssen, aber sie hatte es sich nie träumen lassen, dass sie einmal auf diese Weise für ihr tägliches Brot verdienen müsse. Auch sie hatte einmal stürmische, hohe Lebenspläne gehabt. Sie wollte etwas erreichen im Leben. Sie wollte einen Platz ausfüllen, tätig und nützlich sein. Ihren Gaben und Fähigkeiten nach zu urteilen, wäre das auch möglich gewesen, aber als sich in den letzten Schuljahren plötzlich eine Rückgratverkrümmung bemerkbar machte, die ihr im Wachstum hinderlich war, und man schließlich entdeckte, dass man es nicht verhindern konnte, dass sie als verwachsener Mensch ihren Weg gehen musste, da schien es allen selbstverständlich, dass sie ihre hohen Zukunftspläne aufgab. Niemand kümmerte sich darum, wie schmerzlich sie litt, als sie all ihre geheimen Hoffnungen und Wünsche begraben musste. Sie wäre zu gerne Lehrerin geworden, aber damit war es aus. Dazu kam, dass ihr Vater früh starb und die überarbeitete, müde Mutter mit den unversorgten Kindern zurückblieb. Da verstand es sich von ganz selbst, dass sie die Hausarbeiten übernahm, soweit es ihre schwachen Kräfte zuließen. Wenn dann die heranwachsenden Geschwister ihren Jugendfreuden nachgingen, da bedurfte es keiner weiteren Erwägung, dass Marielene zurückblieb: „Marielene, das ist doch nichts für dich." – „Marielene, denk doch, dein Rücken!" – Und das junge Mädchen blieb zu Hause. Nie hatte jemand sie klagen hören. Aber in ihrem Herzen, da sah es oft recht trübe aus. War sie nicht gleichfalls jung? Regte sich nicht auch in ihr, wie in all den andern, eine heiße Sehnsucht nach dem Leben? Niemand schien damit zu rechnen.

Als dann der Nachbarssohn, mit dem sie von Kindheit an ein Freundschaftsverhältnis pflegte und den sie mit den Jahren herzlich lieb gewonnen hatte, ihre jüngere Schwester heiratete, da zog sie sich ganz von den anderen zurück. Sollte sie denn an jeglichem Lebensglück vorübergehen? Natürlich, Frieda, ihre Schwester, war schön und gerade gewachsen. Ja, nun wurde Marielene verbittert. Sie grollte mit ihren Nächsten, sie grollte mit dem Leben und, leider, leider, grollte sie auch mit Gott.

Ihre Mutter wurde allmählich alt und leidend, und nun war es Marielenes Aufgabe, sie zu pflegen. In diesen Jahren, während sie sah, wie die Mutter sich vom Leben löste und für das Sterben vorbereitete, da kam auch sie zur Einsicht. Wie ein großes Licht ging ihr die Erkenntnis auf, dass dieses Leben ja nur eine Vorbereitungsschule sei und all die Sorgen und Nöte wenig bedeuteten gegenüber der Gewalt des Todes und besonders im Vergleich mit der Ewigkeit, die auf dieses Leben folgt. Und nun kam sie auch dahin, ihr eigenes Leid nicht mehr so unerträglich zu finden. Eine große Veränderung ging mit ihr vor. Als die anderen Geschwister fassungslos am Sarg der Mutter standen, da war es Marielene, die mit Liebe und Trost von einem zum andern ging. Noch einige Jahre blieb sie in ihrem stillen, heimatlichen Dorf, eine stets helfende und liebevolle Schwester für ihre Geschwister und deren Familien.

Dann erkrankte eine entfernte Verwandte, die in Berlin wohnte. Marielene reiste zu ihr, um sie zu pflegen. Als sie starb, vermachte sie ihr die kleine Wohnung, und so war Marielene Holzmann nach Berlin gekommen und dort geblieben. Mit der Zeit hatte sie einen netten Kundenkreis gewonnen, wo sie regelmäßig ihre Beschäftigung im Nähen und Flicken fand und somit ihren Lebensunterhalt verdienen konnte. Sie hatte nicht Not zu leiden. Es waren eine Reihe Menschen da, die sie gerne sahen und sie wegen ihrer Pflichttreue und Zuverlässigkeit schätzten. Marielene war nicht unzufrieden. Und doch fehlte ihr etwas. In ihrem warmen, zart empfindenden Herzen war ein großer unausgefüllter Platz. Sie konnte es sich selbst nicht erklären, aber sie meinte, es müsse noch irgendetwas anderes in ihrem Leben geschehen. Da waren Kräfte, die sie weitergeben musste – aber wem?

Silvesterabend! – Die geheimnisvolle Stimmung der Jahreswende breitet sich aus. Die Menschen reagieren verschieden darauf. Teils grübeln sie sich in eine drückende Schwermut hinein, gedenken seufzend der dunklen Stunden des vergangenen Jahres und blicken hoffnungs- und trostlos in die Zukunft, von der sie auch nichts Besseres erwarten. Andere verjagen jeden besinnlichen Ernst der mitternächtlichen Stunde durch übermütiges Getue und glauben sich so über die Tatsache der schwindenden Zeit hinwegsetzen zu können. Nur Einzelne sind unter der Masse, die aus der Jahreswende das Beste machen, indem sie sich froh und getrost den Händen Gottes anbefehlen, die sie auch im verflossenen Jahr gleitet haben.
Es geht auf Mitternacht zu. Frostkalt ist es. Ein eisiger Wind bläst, sodass man manchesmal meinen könnte, er werfe mit spitzen Eisstückchen um sich. Im Friedrichshain, der weit ausgebreiteten Parkanlage im Nordosten Berlins, sitzt ein Kind auf einer Bank. Die hageren

Glieder sind in ein buntes Tuch gehüllt, die erstarrten Knie hat an sich gezogen, sodass die Füße auf dem Banksitz stehen. So kauert es in Nacht und Frost und starrt mit großen, ängstlichen Augen in die Nacht hinein, hinüber zur Wirtschaft an der Ecke. In dieser Kneipe pflegte der Vater zu sitzen. Dort versuchte er sein Elend zu ertränken. Wie lange sitzt Lore Stellmacher schon hier? Sind es Minuten oder Stunden? Sie weiß es nicht. Sie weiß nur, dass sie entsetzlich friert, dass sie Hunger und Heimweh – vor allem Heimweh – hat, Heimweh nach der Mutter, nach ein bisschen Liebe, nach einem Stückchen Heimat. Es ist so stark über sie gekommen, dieses Sehnsuchtsgefühl, dass sie es nicht länger in der Dachkammer ausgehalten hat. Es hat sie hinausgetrieben. Sie hat sich plötzlich eingebildet, den Vater vielleicht noch umstimmen zu können, dass er nach Hause kommt und das Geld nicht vertrinkt. Die große Sehnsucht hatte es ihr eingegeben. Vielleicht hört er doch auf sie. Ganz genau hat sie sich ausgedacht, was sie sagen will. „Vater, komm heim, ich bin so schrecklich allein, und wir beide gehören ja doch zusammen. Denk doch an die Mutter!"

Und nun sitzt sie hier. Es ist ihr, als sei es eine lange, lange Zeit. Und der Vater kommt und kommt nicht. Der Wind rast durch die kahlen Bäume, dass es unheimlich in den Ästen kracht. Nun hält es Lore nicht mehr aus. Langsam steht sie auf, die steif gefrorenen Glieder wollen sie kaum noch tragen. Schritt für Schritt humpelt sie zur Eckwirtschaft. Wer weiß wie lange steht ein mageres Pferd vor einen Karren gespannt davor. Das arme Tier scharrt vor Ungeduld und Kälte mit den Füßen und wartet auf seinen Besitzer, der scheinbar ebenfalls in der Kneipe Silvester feiert und dabei sein frierendes Pferd völlig vergessen hat. Eine ganze Weile sieht Lore das Tier an. Plötzlich tritt sie dicht zu ihm heran, und während sie sich anlehnt und den Hals des Tieres mit ihren mageren Armen umschlingt, fragt sie flüsternd: „Bist du auch ganz allein? Hast du auch keine richtige Heimat?" Und das Tier schaut mit treuem Blick auf das Kind, über dessen Wangen eine Träne nach der andern heruntertropft, und hält bei dieser Liebkosung ganz still. „Der Vater kommt nicht", flüstert Lore, „er kommt nicht! Und ich getrau mich nicht zu ihm hinein."

Gleich darauf verkünden die Glocken die Mitternachtsstunde. Böllerschüsse krachen, Leuchtkugeln steigen auf, Feuerwerk erglüht in allen Farben, Fenster und Türen öffnen sich. „Prosit Neujahr!" Schreien und Johlen! So begrüßt man das neue Jahr. Durch diesen Lärm aber eilt ein zitterndes Kind; das Getöse ringsumher bereitet Lore körperlichen und seelischen Schmerz. Sie hastet weiter, hinauf in die dunkle, kalte Bodenkammer, und ein fürchterlicher, unheimlicher Plan reift in dem verlassenen Kinderherzen.

Doktor Maydorns Zimmermädchen war bei Marielene Holzmann gewesen. In ihrer kleinen, aber blitzsauberen Wohnung hatte diese fieberheiß im Bett gelegen. „Sie hat mich zuerst gar nicht erkannt", berichtete Hanna, „und mich mit ganz wirren Augen angesehen. Ich glaube, sie ist wohl recht krank." Frau Doktor Maydorn hatte es gleich ihrem Mann erzählt, als er aus dem Krankenhaus gekommen war, und dieser war daraufhin gleich im Auto zu dem kranken Flickfräulein gefahren. Nun saß er an ihrem Bett und schaute sich um in der kleinen Welt der alten Marielene. Wie rührend freundlich und behaglich war das kleine Heim! Blütenweiße Vorhänge an den Fenstern, trotz der Winterkälte blühende Blumen dahinter, ein singender Kanarienvogel im Käfig – eine Nachbarsfrau schien ihn versorgt zu haben –, ein paar freundliche Bilder an der Wand, über allem ein warmer Hauch anziehender Gemütlichkeit. „Schade, dass sie niemand hat, mit dem sie ihr kleines Heim teilen kann", dachte der Arzt. Die Nachbarsfrau tat ihm Handreichungen. Er untersuchte die Kranke und verordnete sofortige Überführung ins Krankenhaus. Marielene war an einer heftigen Lungenentzündung erkrankt.

Und dann lag das alte Flickfräulein in einem freundlichen Zimmer des großen Krankenhauses. Man hatte sie nicht in einen der großen Säle bringen können, ihr unruhiges Fantasieren in den Fieberträumen hätte die anderen Patienten gestört. Tagelang lag sie ohne Besinnung. Es schien, als wolle der gebrechliche Körper unterliegen. Marielene, die sonst sorgsam jeden Gedanken ihres Herzens verschloss und seit Jahren niemand in die Kammern ihres Innern, wo so manche heimliche Sehnsucht still verborgen lag, hatte blicken lassen, ahnte nichts davon, dass sie in ihren Fieberfantasien den Vorhang ziemlich weit lüftete. Ergriffen stand Doktor Maydorn oft an ihrem Bett und hörte sie reden.

„Warum muss ich so ganz allein sein, ganz allein, Jahr um Jahr? – Kann ich niemand etwas sein? Ist niemand da, der mich braucht? Soll ich immer ganz allein meinen

101

Weg gehen, allein, bis zuletzt? Für wen lebe ich eigentlich? Es wird mich niemand vermissen, wenn ich nicht mehr da bin. – O lieber Gott, diese Einsamkeit!" Nach solchen wirr ausgestoßenen Worten konnte die Kranke leise und schmerzlich vor sich hin weinen.

Doktor Maydorn war erschüttert. Von dieser heimlichen Not hatte ja niemand etwas geahnt, arme, arme Marielene! Da war also wieder ein Mensch, an dessen Kummer man achtlos vorbeigegangen war.

„Hoffentlich kommt sie durch", sagte der Arzt, „ihr Zustand macht mir rechte Sorge."

Im zweiten Hinterhaus der Kanalstraße 47 war große Aufregung, die sich lawinenhaft ausdehnte und den Seitenflügel und das Vorderhaus erreichte, sodass die sonst so vielbeschäftigten Bewohner von allen Seiten herbeiströmten und sich im hintersten Treppenhaus sammelten.

„Wat denn, woher kommt denn det?"

„Is da en Rohr jeplatzt?"

„Ne, det kommt aus dem oberen Stockwerk!"

„Platz da! Vom Rumjaffen wird nischt!"

So schwirrte es durcheinander. – Im zweiten Hinterhaus machte sich ein beängstigend zunehmender Gasgeruch bemerkbar. Allerlei Vermutungen wurden laut. Man rief den Hausmeister aus dem Vorderhaus. Mit energischen, selbstbewussten Schritten überquerte dieser den Hof. „Jetzt komme ich!"

Die Leute stoben auseinander.

„Aus der oberen Wohnung kommt es", konstatierte er selbstsicher. „Dietrich her, Zange, Brecheisen!"

102

Sein halbwüchsiger Sohn rannte davon und brachte ihm das Gewünschte. Sensation! Ein außergewöhnliches Ereignis im ewigen Einerlei des Alltags. Halblautes Sprechen, Hälserecken, das Knirschen und Tönen des Werkzeugs.

„Selbstmord!" Wer hatte es gesagt?

„Huh", Fräulein Lehner flüchtet ein paar Treppenstufen hinunter, „huh, ich kann keine Toten sehen."

„Um Gottes willen, ich doch auch nicht!" Eine andere Frau schüttelt sich, verkriecht sich in die äußerste Ecke und hält schon jetzt die Schürze vor die Augen.

Oh ja, ihr sauberen Mit- und Nebenmenschen, ein halb verhungertes, schmächtiges Kind, in Lumpen gekleidet, mit sehnsuchtsvollen, großen Augen, mit frostbeulenbedeckten Händen ist täglich an euch vorbeigeschlichen. Ihr habt es gesehen und habt es doch nicht gesehen, und jetzt, wo ihr meint, dass es sich ein Leid zugefügt haben könnte, da wollt ihr es nicht sehen, da könnt ihr keine Toten sehen.

„Aber valleicht is et och janich det Kind, valleicht hat sich der Olle verjiftet, der olle Säufer, der …" Das nächste Wort verschluckt Frau Schulske, die natürlich auch unter den Schaulustigen steht.

„Eener weniger von die Sorte, det tät absolut nischt schaden." Die meisten denken so.

Krach! Klirr! Die Tür springt auf, das Werkzeug fällt zu Boden, die Bewohner der Kanalstraße 47 drängen hinter dem Hausmeister in die Dachkammer und – verstummen. Es ist, als ob lähmendes Entsetzen sich ausbreitet.

„O – – – o – – Gott im Himmel, das Kind!"

„Um Himmels willen!"

Auf ihrem armseligen Lager ruht Lore Stellmacher, den Kopf zur Seite geneigt, mit einem ernsten, ja todtraurigen Gesichtsausdruck, nur mit einem zerrissenen Hemdchen bekleidet, die hageren Glieder mit einer bunt karierten Decke umhüllt, in den Händen ein Tannenzweiglein mit einem Silberfädchen.

Der Hausmeister reißt das Fenster auf, dass die eisige Winterluft hereinströmt. Das Zimmer aber hat sich mit Menschen gefüllt. Sogar Fräulein Lehner und die Nachbarsfrau haben es gewagt hereinzukommen. Und nun geht es los. Die Frauen schluchzen. Nein, sie sind ja nicht ohne Gefühl, die Bewohner der Kanalstraße 47.

„Das arme Kind! O Gott, das arme Kind!"

„Mit elf Jahren Selbstmord verübt!"

„Dieser Schuft von Vater, der Hund, der gemeine."

„Aufhängen müsste man ihn!" Und so geht es weiter. Sie müssen ihren Gefühlen Luft machen. Der Hausmeister aber ist mit seinem Sohn davongerannt, um den Arzt und die Polizei zu holen.

Es geht alles furchtbar schnell in einer Großstadt. Man ist auf solche Fälle schon eingerichtet. Das Sanitätsauto rast durch die Straßen, die weiten Tore des städtischen Krankenhauses öffnen sich, ein paar Minuten später beugen sich die Ärzte über den Eingelieferten.

So war es auch mit Lore Stellmacher. Wie durch ein Wunder war das Kind gerettet worden. Nur noch wenige Augenblicke in dem mit Gas gefüllten Zimmer, und es wäre zu spät gewesen. Im Schweiße ihres Angesichts rangen zwei Ärzte um das Leben des Kindes. Endlich richtet Doktor Maydorn sich auf. „Wir haben es geschafft, Gott sei Dank!"

Schwesternhände betten das schwache Kind liebevoll in weiße Kissen.

Die Bewohner der Kanalstraße 47 sind plötzlich gute Berichterstatter geworden. Sie erzählen, wo sie nur Gelegenheit finden, von der schauerlichen Familientragödie in der Dachkammer. Merkwürdig, jetzt wissen sie alle Bescheid. Sie wissen ausführlich von dem Selbstmordversuch einer Elfjährigen zu berichten, von den Misshandlungen durch den stets betrunkenen Vater, und übertreffen einander in ihren Schilderungen.

Inzwischen lag Lore in einem weißen Bett. Es dauerte lange, bis sie die Besinnung wieder erlangte. Wie aus einem tiefen Schlaf erwachend, öffnete sie die Augen, blickte vorsichtig um sich und fragte: „Wo bin ich?"

Eine Schwester beugte sich über sie. „Im Krankenhaus, mein Kind." – „Im Krankenhaus? – Nicht im Himmel?" Ganz entsetzt blickten die großen Augen. Ein Schatten breitete sich über dem blassen Gesicht aus. Dann aber stieg ein so wehes Schluchzen aus ihrem Herzen auf, sie drückte den Kopf in das Kissen und weinte bitterlich. Die Schwester legte den Arm um sie und fragte: „Was ist dir denn, Lore? Warum weinst du?"

„Ich wollte doch in den Himmel, in den Himmel – zur Mutter. Ich wollte nicht hier bleiben. O Mutter, Mutter, nun ist es wieder nichts."

„Aber Kind, so darfst du nicht reden. Hier ist es doch

schön, du hast ein sauberes, weiches Bett, und gleich bekommst du etwas Gutes zu essen. Bald wirst du wieder gesund. Gefällt es dir denn nicht hier?"

Ein neues, heftiges Schluchzen war die Antwort. „Doch, hier schon, aber – aber –"

In diesem Augenblick trat der Arzt ein. „Wir müssen jede Erregung von dem Kind fern halten, Schwester Margarete. Es braucht jetzt nur Ruhe, nichts als Ruhe – und Liebe." Doktor Maydorn hatte noch kaum ein Wort mit Lore Stellmacher gesprochen, aber er wusste Bescheid. Er war eben einer von denen mit den hellen, tief blickenden Augen.

Der Zeitungsbericht über den Selbstmordversuch des elfjährigen Kindes hatte auch solche erreicht, die es nicht fertig bringen, an der Not des Nächsten unberührt vorbeizugehen. Doktor Maydorn bekam eine Reihe schriftlicher und mündlicher Anfragen von Menschen, die sich für Lore Stellmacher interessierten. Von verschiedenen Seiten erklärte man sich bereit, das Kind aufzunehmen, ihm Heimat und Erziehung zu bieten. Vorerst aber wurde sie als Patientin betrachtet. Jetzt hieß es vor allem einmal, für eine gute körperliche Pflege zu sorgen. Selten war den Ärzten ein derartig unterernährtes und schwächliches Kind begegnet. Hier galt es ganz gründliche Arbeit zu tun.

Man hatte Lore in die psychiatrische Abteilung gelegt. Doktor Maydorn aber hielt es für falsch. „Unter den nervenkranken Patienten wird das ohnehin zur Schwermut neigende Kind nur noch kranker. Wir müssen ihm einen anderen Platz geben. Aber wo? In der Kinderabteilung ist es zu laut, und dann fürchte ich, dass sie, die nie ein frohes Kind unter Kindern gewesen ist, sich dort nicht wohl fühlen wird."

Dann fand der Arzt aber doch einen guten Ausweg. Er legte sie in das Zimmer, wo Marielene, der es jetzt weit besser ging, untergebracht war.

Der von vielen so gefürchtete Aufenthalt in einem Krankenhaus kann unter Umständen für einen Patienten wie Lore ein Stücklein Paradies sein. Wie ein kleines verschüchtertes Vögelein lag sie allerdings in ihrem weißen Bett. In ihren Augen lag noch immer die Angst vergangener Tage. Aber es war unbeschreiblich wohltuend, in einem so sonnenhellen, sauberen Zimmer liegen zu dürfen und die armen, zerschlagenen Glieder in ein so weiches Nest zu schmiegen. Ganz still lag dann das kleine Mädchen, als könne eine rasche Bewegung diesen traumhaft herrlichen Zustand zerstören und sie würde dann schließlich wieder in der kalten Bodenkammer aufwachen. Und wenn diese liebevolle, gütige Schwester im sauberen Waschkleid und der weißen Haube kam und auf einem Tablett die kräftigen, gut schmeckenden Speisen brachte, wie Lore sie nie vorher gekannt hatte, und wenn man des Nachts ruhig und wohlgeborgen liegen durfte, ohne ständig von der Furcht vor dem heimkommenden, betrunkenen Vater geschüttelt zu werden – wie wunderschön war das alles! Wenn das doch niemals ein Ende nehmen wollte! So träumte das Kind vor sich hin, froh und bang zugleich. Da konnte es vorkommen, dass Marielene plötzlich sah, wie das blasse Kind in dem

Bett an der gegenüberliegenden Wand erzitterte, die Hände vor die Augen drückte und angstvoll seufzte.

„Was hast du denn, Kleine?", fragte das alte Fräulein, das bis dahin noch zu schwach gewesen war, um ein Gespräch führen zu können.

„Ich – ich dachte nur – ich bin so erschrocken", stammelte Lore, und dann verbarg sie ihren Kopf unter der Bettdecke. Wie konnte sie davon sprechen, dass es ihr eben gewesen sei, als sehe sie den Vater betrunken, fluchend und lärmend hereintaumeln. Und nun war sie wieder so schrecklich über sie gekommen, die Angst vor der Zukunft. Was wird, wenn ich nicht mehr hier sein kann? Lieber sterben, als zurück in das alte, unerträgliche Leben. Nein, sie konnte nicht mehr zurück. Sie wollte nicht, unter keinen Umständen. Ja, da war wieder diese schreckliche Angst.

„Kleines, weinst du?"

Was war das für ein lieber, sanfter Ton! Und „Kleines" sagte die Frau zu ihr? Kleines! So hatte noch niemals jemand zu ihr gesprochen. Oder doch, die Mutter. Ja, die hatte manchmal liebe Worte gesagt. Mein Vögelchen, mein Häschen, ja, das meinte Lore noch zu hören. In der Schule sagten sie nur „Stellmacher". Und das nicht in freundlichem Ton, denn sie waren sich alle klar darüber, dass sie faul, schlampig und verkommen war. Es stimmte ja, dass sie ihre Schularbeiten meistens sehr mangelhaft machte, aber wer sollte ihr denn auch helfen, wenn sie die schweren Rechenaufgaben nicht begriff, und wie sollte sie sauber und ordentlich schreiben, wenn ihr die Finger klamm und steif wurden in dem ungeheizten Zimmer? Aber das konnte man ja keinem Menschen sagen. Immer hatte sie allein in den Schulhofecken herumgestanden, während die anderen spielten und tollten, immer allein.

„Kleines", sie musste sich die Frau doch einmal näher ansehen, die so lieb zu ihr sprach.

So fing die Freundschaft zwischen Marielene Holzmann und Lore Stellmacher an. Das bedurfte keiner großen Anstrengung, sondern ging ganz natürlich zu. Aus dem liebevollen Herzen des alten Flickfräuleins floss es ganz von selbst in das ängstliche, vereinsamte und liebeshungrige Kinderherz. Und das Kind griff gierig danach und öffnete sein Herz weit, ganz weit für diesen Strom der Liebe. Es ging nun beiden besser, und sie fingen an, miteinander die großen und kleinen Ereignisse ihres Lebens in ihrer Art zu besprechen.

„Marielene, erzähl mir noch einmal aus deiner Kinderzeit", konnte Lore dann bitten. Und so hörten die beiden von den schlichten Wegen aus der Vergangenheit. Für das Kind war es wie ein Wandern durch das Paradies. Das kleine Dorf, das Schulhaus, die lustigen Geschwister der Marielene, das war ihr wie eine neue, unbekannte Welt, nach der sie sich seit langem gesehnt hatte. Sie hatte ja nie eine eigentliche Heimat gehabt. Ihr bisheriges Leben war eine einzige Angst, ein qualvolles Sichfürchten-Müssen gewesen. Die Mutter, der einzige Mensch, der ihr wirklich etwas zu geben imstande war, hatte sie frühzeitig verlassen. So waren die Schilderungen aus Marielenes Leben für das Kind etwas ganz Großes und Wunderbares.

Das alte Flickfräulein verstand es auch, ohne mit rauer Hand in das traurige Leben ihrer kleinen Bettnachbarin zu greifen, einen Blick in deren Vergangenheit zu werfen. Lore, die nie vorher zu einem Menschen von der Not ihres jungen Lebens gesprochen hatte, begann ganz von selbst zu erzählen. Und die zart besaitete, fein fühlende Marielene spürte das Zittern in der Stimme des Kindes, wenn es von seinem Vater sprach, und vernahm den innigen Ton der Liebe, wenn es von der Mutter erzählte.

„O Marielene, ich wollte ja so gerne, so schrecklich gerne zur Mutter." Ganz kläglich klang die Stimme.

„Aber Mädchen, hast du denn nicht daran gedacht, dass man sich nicht das Leben nehmen darf, das Leben, das uns Gott geschenkt hat?"

Eine ganze Weile schwieg das Kind; dann kam es wie aus tiefem Nachdenken: „Ich wollte mir doch gar nicht das Leben nehmen, ich – ich – wollte doch nur zu meiner Mutter. Und bevor sie gestorben ist, hat sie mir doch gesagt, dass sie in den Himmel geht. Und ich wollte nur zu ihr, gar nichts anderes."

„O du Kleines, du unschuldiges Kind!" Mehr konnte Marielene nicht sagen, denn die Tränen rollten ihr wie kleine, eilige Wasserbächlein über ihr Gesicht.

Eines Tages hatte Lore wieder lange Zeit still dagelegen, tief in Gedanken versunken. Plötzlich wandte sie sich ihrer alten Freundin zu. „Du, Marielene, weißt du nicht, wo es hingekommen ist?"

„Was denn, mein Herzchen?"

„Mein Silberfädchen."

„Dein Silberfädchen?"

Und nun erzählt das Kind sein Weihnachtserlebnis. Das Flickfräulein hörte voller Interesse zu.

„Und auf einmal fand ich ein Silberfädchen, und – ganz gewiss, Marielene, ganz gewiss – es war vom Christkind. Das hat es mir sicher vom Himmel heruntergeworfen, weil es gesehen hat, wie furchtbar traurig ich war. Und ich habe es so gut aufgehoben und es immer versteckt, wenn der Vater kam, damit er es nicht sah. Und, Marielene, ganz zuletzt hab ich es auch noch gehabt. Ich wollte es so gerne mit in den Himmel nehmen und es dem Christkind zurückbringen. Und als ich dann hier im Krankenhaus aufgewacht bin, da war es fort, mein Silberfädchen."

Ganz still war es eine Weile zwischen den beiden. Dann fuhr das Kind fort: „Marielene, du glaubst doch auch, dass das Silberfädchen vom Himmel kam?"

Das alte Fräulein antwortete nicht gleich. Dann aber nahm ihre Stimme einen fast feierlichen Klang an: „Kind, ja, ich glaube daran, dass der liebe Gott uns von Zeit zu Zeit ein Silberfädchen vom Himmel schickt. Ich habe das so oft in meinem Leben erfahren. Gewöhnlich dann, wenn ich furchtbar traurig war, wenn ich mich ganz einsam und verlassen fühlte, wenn ich meinte, unter der Last des Lebens zusammenbrechen zu müssen, dann schickte er mir irgendetwas, was mich wieder aufrichtete. Irgendeinen Trost, einen lieben Menschen, der ein Stück Weges mit mir ging und mich verstand, eine Freude durch ein gutes Buch, durch das Lächeln eines Kindes, durch ein Lied, durch einen Gottesdienst, durch sein Wort, und das, Kind, waren dann die Silberfädchen auf meinem Wege, die Silberfädchen vom Himmel. Ja, Kind, daran glaube ich fest, und das ist mein Trost. Und das wirst auch du erfahren in deinem

Leben, wenn du meinst, ganz verlassen und einsam da-
zustehen und die Welt dir wie ein einziges, dunkles
Grabgewölbe vorkommt. Dann schickt der liebe Gott
dir ganz gewiss ein Silberfädchen, denn mehr als wir
tragen können, legt er nie auf unsere Schulter." Da war
wieder dieser geheimnisvolle Glanz in den Augen der
Marielene, diese wundersame Tiefe, von der Doktor
Maydorn gesprochen hatte. Lore aber war während der
langen Rede des alten Flickfräuleins eingeschlafen. Ein
süßes Lächeln lag auf ihrem Gesicht. Ob sie wohl von
ihrem Silberfädchen träumte?

Marielene betrachtete mit einem Blick rührender
Liebe das schlafende Kind. Dann konnte sie nicht an-
ders, als die Hände zu falten. Es war ein eigentümliches
Gebet, aber es kam tief aus ihrem Herzen: „Lieber Vater
im Himmel, schenke diesem Kind eine Heimat, ein
Silberfädchen fürs ganze Leben."

Doktor Maydorn saß wieder einmal im gemütlichen
Erker seines Wohnzimmers. Seine Gattin, die sich neben ihm in einem Sessel niedergelassen hatte, versuchte
mit ihm über die verschiedenen Tagesereignisse zu reden. Aber es wollte kein richtiges Gespräch zustande
kommen. Den Arzt beschäftigte ein Problem.

Von allen möglichen Seiten war man an ihn heran-
getreten mit der Frage: „Was wird aus Lore Stellmacher?" Die Vorsitzende des Kinderrettungsvereins hatte in seinem Sprechzimmer gesessen, ein Vertreter der
Jugendfürsorge, eine Schwester aus dem städtischen
Waisenhaus, der Verein für Rettung von Trinkerkin-
dern hatte jemand gesandt, und auch eine Heilsarmee-

schwester war gekommen. Kinderlose Eltern, sogar solche in sehr guter Stellung – sie alle hatten von der tragischen Geschichte des kleinen Mädchens gehört und kamen nun, um zu fragen, was geschehen solle. Alle waren sich darüber im Klaren, dass Lore Stellmacher nicht wieder zu ihrem Vater zurückkehren dürfe. Übrigens schwebte eine Verhandlung, dass er in einer Trinkerheilanstalt untergebracht werden sollte. Und nun konnte Doktor Maydorn sich nicht entschließen. Gewiss, im Grunde genommen hatte er ja gar nicht das letzte Wort zu sprechen. In einer derartigen Angelegenheit war das Jugendamt zuständig. Aber solange er es für nötig hielt, ihr Krankenhausbehandlung zu geben, konnte er noch nach ihr sehen. Und das war ihm jetzt einfach noch wichtig. Eigentlich war Lore jetzt schon wieder so weit hergestellt, dass sie hätte entlassen werden können, aber dann konnte man wenig oder gar nichts mehr für sie tun.

Der Arzt hatte tatsächlich schon im Ernst den Gedanken erwogen, Lore in seinem eigenen Hause eine Heimat zu bieten. Aber konnte er seiner Frau, die eigentlich schon sehr stark mit Arbeit und Verpflichtungen überlastet war, noch mehr zumuten, ihr noch weitere Pflichten aufbürden? Ach, wenn er nur eine Heimat, für das Kind hätte! Wer von all denen, die sich gemeldet hatten, war imstande, ihr das zu bieten? Würde sie sich in dem Anstaltsbetrieb eines Waisenhauses oder eines ähnlichen Unternehmens zurechtfinden und wohl fühlen? Würde man in diesen Häusern trotz allen guten Willens und Bestrebens Zeit finden, dieses zarte Pflänzchen zu pflegen? Würde je-

113

mand da sein, der es verstand und mit herzlicher Liebe umgab? Ganz gewiss waren prächtige Menschen in solchen Häusern, denen es eine Lebensaufgabe war, solchen ungeliebten Kindern Heimat zu schaffen, aber war das das Richtige für Lore?

Da waren ja auch andere, die sich angeboten hatten, das Kind aufzunehmen. In dem Haus jenes reichen Ehepaares, das eine Villa im Grunewald hatte, würde Lore gewiss nicht Mangel leiden. Sie würde vielleicht eine Erzieherin bekommen, in schönen Kleidern ausfahren, und man würde alles für sie tun, ja, sie vielleicht maßlos verwöhnen, aber ob Lore Stellmacher sich zwischen all dem Luxus und der Eleganz eines solchen Hauses wohl fühlen würde? Ob das Heimat war? Und die anderen aus dem gut gehenden großen Geschäftshaus, die nur den kleinen Sohn hatten und Lore als ihre Tochter aufnehmen wollten, meinten es gewiss auch gut. Aber würde sich das Kind, das sich bis jetzt nur in den Ecken und Winkeln herumgedrückt hatte, in dem lauten Betrieb dieses Hauses wohl fühlen? Und es kam doch nicht nur darauf an, dass sie versorgt war, dass sie Essen und Trinken und ein behagliches Heim hatte. – Eine Heimat, eine wirkliche wahre Heimat musste es sein. Es musste jemand gefunden werden, der das Kind mit inniger Liebe umgab, der das geknickte, zitternde Seelchen aufrichtete, ohne das Zarteste mit rauer Hand zu zerstören. All diese Bedenken hatte Doktor Maydorn seiner Frau gegenüber geäußert. Frau Magdalene schüttelte besorgt den Kopf.

„Mein Lieber, das Leben ist leider nicht ganz so ideal, wie du es wünschst. Wie sehr würde ich mich mit dir

114

freuen, wenn es dir gelingen würde, einen Platz für das arme Kind zu finden, wo es wirklich Heimat in deinem Sinne genießt, aber ob das möglich sein wird? Willst du nicht dankbar dafür sein, dass sich ehrenwerte und gut-gestellte Leute bereit erklären, das Mädchen aufzuneh-men? Mehr kannst du nicht erwarten."

Doktor Maydorn aber blieb dabei: „Eine Heimat braucht das Kind, Magdalene, nichts als eine Heimat. Und da ist es keinesfalls gesagt, dass dieses in einem Palast sein muss, wo ihr jeder Wunsch erfüllt wird. Schließlich soll sie ja auch fürs Leben erzogen werden. Glaube mir, Magdalene, ich habe dafür ein starkes Empfinden. Bisher war es noch nicht das Richtige. Ich muss für Lore etwas anderes finden. Eine Heimat!"

Noch lange saßen die Ehegatten beieinander. Doktor Maydorn konnte nicht zur Ruhe kommen, er war nun einmal ein gründlicher Mensch – ganz besonders da, wo das Herz mit ihm durchging.

Frau Magdalene hatte sich in ein Buch vertieft. Plötzlich aber fuhr sie erschrocken in die Höhe. Ihr Mann war mit einem Satz aufgefahren und sprang wie ein ausgelassener Schuljunge im Zimmer herum. Dabei rief er ein über das andere Mal. „Ich hab's, ich hab's!"

„Nun glaub ich's aber", sagte Frau Magdalene ent-rüstet. „Du jagst einem ja einen Schrecken ein."

„Frauchen, sei still", erwiderte der Arzt und drückte sie sanft in den Sessel zurück. „Ich erzähle dir alles."

Und dann gab es noch eine lange Unterhaltung. Die Folge davon war, dass beide Eheleute sehr froh wurden und den kommenden Tag kaum erwarten konnten.

Die Arztvisite war eben durch die verschiedenen Krankensäle und -zimmer gegangen. Auch bei Marielene Holzmann und Lore Stellmacher war sie gewesen. „In einer Woche können Sie mit Ihrer Entlassung rechnen", hatte Doktor Maydorn zu dem alten Flickfräulein gesagt, „dann geht's nach Hause in Ihr gemütliches, kleines Heim."

„Und du, kleines Fräulein, bist auch bald so weit", sagte ein junger Assistenzarzt zu Lore und ahnte nicht, dass er dem Kind damit einen inneren Schlag versetzte. Kaum hatten die Ärzte das Zimmer verlassen, als Lore sich in ihrem Bett aufrichtete und mit angstvollen Augen zu ihrer Bettnachbarin hinüberblickte.

„Du, Marielene" – die Kinderstimme zitterte bedenklich – „Marielene, hast du's gehört, was er gesagt hat? Jetzt kommt's, jetzt wird es so, wie ich es dir gesagt habe. Jetzt gehst du fort, und ich muss wieder zurück – zurück – o Marielene!" Das zitternde Kind verkroch sich unter die Bettdecke, und ein trostloses Schluchzen drang darunter hervor. Die alte Marielene – eigentlich war sie noch gar nicht so alt, denn fünfzig Jahre ist ja kein hohes Alter – aber lag mit feuchten Augen in ihrem Bett. Gewiss, sie freute sich von Herzen, dass sie wieder gesund geworden war, aber es fiel ihr doch unsagbar schwer, sich von diesem Kind, das sie in den Wochen des Zusammenseins ins Herz geschlossen hatte, trennen zu müssen, und wenn sie gar daran dachte, dass Lore wieder in das alte Elend zu dem brutalen Vater zurückkehren müsse – nein, das war gar nicht auszudenken. Und nun hatte sie doch schon so lange und oft darum gebetet, dass Gott dem Kind eine Heimat schenken möge. Aber vielleicht war längst alles geplant und man würde zuletzt noch staunen über die wunderbaren Fügungen Gottes.

„Kleines", so zärtlich wie eine Mutter sagte es Marielene, „Kleines, gib Acht, der liebe Gott schickt dir gewiss noch ein Silberfädchen."

Als Marielene zum ersten Mal aufstehen durfte, wurde sie zu Doktor Maydorn gerufen. Der hatte wohl etwas ganz Wichtiges mit seinem alten Flickfräulein zu besprechen; aber diesmal handelte es sich nicht um zerrissene Strümpfe und Wäsche.

Lange war sie fortgeblieben. Als sie in ihr Zimmer zurückkam, hatte sie ganz erregte, rote Backen, und ihre Augen strahlten so wundersam, dass Lore sie ganz erstaunt fragte: „Marielene, was hast du nur? In deinen Augen sitzen Lichter." Die gute Seele konnte nichts antworten, aber plötzlich liefen ihr wieder eilige Tränen über das Gesicht.

„O Marielene, du weinst?" Zwei große, erschrockene Kinderaugen waren auf sie gerichtet.

„Sei still, mein Kleines, es sind Freudentränen."

In diesem Augenblick kam Doktor Maydorn, und – merkwürdig – auch in seinen Augen schienen zwei Lichtlein zu glänzen. Er setzte sich auf Lores Bettrand, was in den Regeln des Krankenhauses sonst streng verboten war, und dann blickte er dem kleinen Mädchen tief in die Augen.

„Lore, nun bist du wieder bald ganz gesund." Zwei erschrockene Kinderaugen spiegelten sich in den seinen. Ein kleines, banges Herzchen seufzte schwer. „Lore", fuhr der Arzt fort, „du sollst nicht mehr zurück in deine Dachkammer, du sollst dich nicht mehr fürchten müssen in den bangen, einsamen Nächten. Ich weiß nämlich ein liebes Mütterlein, das sich so sehr nach einem Kind sehnt. Möchtest du zu diesem Mütterlein gehen?"

Zwei große Kinderaugen blickten ihn fragend an.

„Lore, die Marielene will dein Mütterlein werden. Willst du mit ihr gehen?"

Und dann bekam der gute Doktor Maydorn einen Stoß, dass er beinahe vom Bettrand fiel. Zwei flinke Füßchen hasteten unter der Bettdecke hervor, zwei zitternde Arme umklammerten das alte Flickfräulein, und wie ein Jauchzen kam es von den Kinderlippen: „Marielene, Mütterlein!"

Schulmeister Holzmanns Älteste aber drückte ihr kleines Mädchen fest ans Herz.

„Mein Kleines, mein Silberfädchen!"

So, nun wusste sie, für wen sie lebte!

Das letzte Licht

Es handelt sich hier nicht um eine Weihnachtsgeschichte, doch wollen wir unsern ersten Besuch bei
Familie Stecher am Heiligen Abend machen.

Da treffen wir sie alle beieinander. Das ist nämlich
eine große Seltenheit, denn gewöhnlich geht bei Stechers jeder seinen eigenen Weg, – „seine Naht für sich",
würde Anne-Katharina sagen. Die Anne-Katharina
hatte trotz ihrer Blindheit helle Augen oder, wie Pfarrer
Gruber sagte, ein zartes Fingerspitzengefühl und eine
feine Seele.

Es war kein Heiliger Abend, wie er in einem frohen,
harmonischen Familienkreis üblich ist. Man spürte
nichts von der jubelnden Freude der Weihnacht. Man
hatte wohl eine Tanne, sogar einen stattlichen Baum
geschmückt; auf dem Tisch lagen auch Geschenke, aber
es war nicht ein bisschen Weihnachtsstimmung zu spü-
ren. Der jüngste Stecher, der fünfjährige Peter-Paul
jedoch kümmerte sich nicht um die freudlosen oder
griesgrämigen Gesichter der übrigen Familienmitglie-
der, er sang mit lauter Stimme „Maikäfer flieg", während er einen großen, hölzernen Käfer, der seine langen
Beine mit erstaunlicher Geschwindigkeit bewegen
konnte, auf dem Tisch laufen ließ.

„Wenigstens ein Lied am Heiligen Abend, wenn auch
kein Weihnachtslied", stellte Hasso, der große Bruder,
fest und steckte sich eine Zigarette an.

„Aber heute Abend hättest du das Rauchen lassen
können, du weißt doch, dass Mutter davon immer

Kopfschmerzen bekommt." Ein blasses Mädchen von etwa siebzehn Jahren, Gonda Stecher, wandte sich vorwurfsvoll an den Bruder.

Frau Stecher sah mit einem müden Blick den neunzehnjährigen Sohn an, drückte dann die Hand an die Schläfe und verließ das Zimmer, um in der Küche das Abendbrot zu bereiten.

„Ich kann ja zum offenen Fenster hinausrauchen", antwortete der junge Mann gelassen.

„Das Fenster bleibt zu!" Auf der Ofenecke kam ein Kommando, dem sich niemand zu widersetzen wagte. Dort saß, von Kissen gestützt und in Decken gehüllt, mit mürrischem Gesicht Herr Stecher, ein ehedem wohlansehnlicher Mann, der aber seit zwei Jahren durch ein schmerzhaftes Gichtleiden ans Haus, oft auch ans Bett gefesselt war. Seine Hände und Füße waren schmerzverkrümmt und zeitweise mit Beulen bedeckt. In seinen Augen lag der Ausdruck störrischer Unzufriedenheit, den man oft bei Leidenden findet, die mit ihrem Geschick hadern.

„Maikäfer flieg, dein Vater ist im Krieg." Peter-Paul sang mit Begeisterung.

„Junge, hör doch endlich auf!" Der Vater winkte gebieterisch mit der Hand. „Es ist nicht zum Aushalten mit dem Geplärr."

„Warum denn?" Das singfreudige Kind zog ein Schmollmündchen. „Wo sie doch heute überall singen!"

„So 'n geistreiches Lied singt heute kein Mensch", brummte der Vater griesgrämig aus seiner Ecke.

„Na, wenn doch niemand mit mir 'n Weihnachtslied singt – und mein Lied passt so gut zu meinem Weihnachtsgeschenk –, sonst hättet ihr mir ja keinen Maikäfer zu schenken brauchen. "

„Hast auch Recht", lachte der große Bruder.

„Der kleine Bengel muss auch schon das letzte Wort haben", murrte der Vater missgestimmt weiter. „Du wirst in letzter Zeit richtig frech."

Da nahm die Schwester den Kleinen in Schutz. „Der Peter-Paul will nicht frech sein, Vater, er muss nur immer sagen, was er denkt. Nicht wahr, Spätzchen? – Komm, setzt dich her zu mir, ich zeige dir etwas."

„Singst du mit mir ein Weihnachtslied?", fragte der Kleine mit sehnsüchtigen Augen.

„Wir beide allein? – Nein, komm, wir gucken miteinander in die Lichtlein. Schau, sie werden immer kleiner, immer kleiner – da – jetzt ist eins ganz erloschen – und da wieder eins – und noch eins. Nun brennen nur noch ein paar."

Eng aneinander geschmiegt saßen die beiden im Erker, die blonde Schwester und das kleine, braunlockige Brüderlein, und blickten verträumt in den stillen Schein der sich verzehrenden Kerzen. Nun brannte noch ein einziges Lichtlein.

In Gondas Augen flammte es plötzlich heiß und leidenschaftlich auf. „Das letzte Licht!", flüsterte sie. „In dem Augenblick, da es erlischt, darf man sich etwas wünschen – das geht in Erfüllung!" Sie hatte ganz vergessen, dass der kleine Bruder neben ihr saß.

„Ist das wahr, Gonda?", fragte er. „Darf man sich etwas wünschen? Oh, dann wünsche ich mir . . . "

„Still, nichts sagen!" Das junge Mädchen hielt schnell dem kleinen Schwätzer den Mund zu. „Man darf den

Wunsch nicht vorher verraten, sonst geht er nicht in Erfüllung."

Gonda Stecher seufzte leise.

„Hast du dir etwas gewünscht?", fragte das Brüderchen in heimlicher Scheu. Das junge Mädchen nickte und drückte schwärmerisch die Hand aufs Herz.

„Wird endlich Licht gemacht?" Aus der Ofenecke kam der grollende Ton.

Peter-Paul sprang zum Lichtschalter. Die Mutter trug das Abendessen auf einem Tablett herein. Der Kleine schmiegte sich an sie. „Muttilein, eben ist das letzte Licht verlöscht, und Gonda hat sich ein Geheimnis gewünscht."

Die Mutter seufzte, und ein müder, beinahe bitterer Ausdruck lag auf ihrem einst schönen Gesicht. „Das letzte Licht ist erloschen, ich weiß es."

Hasso aber nahm Hut und Mantel. „Ich esse heute Abend auswärts, ihr seid mir zu sentimental gestimmt. Auf Wiedersehn!"

Niemand hielt ihn zurück. Man war gewohnt, dass er seinen eigenen Weg ging. Sie gingen ja alle ihre eigenen Wege, die Stechers.

Und das war Mutters großer Kummer. Wie anders hatte sie sich einst die Ehe, das Familienleben, ja ihr ganzes Dasein vorgestellt! Dass ihre Tage einmal so freudlos würden, hätte sie nie geglaubt, aber es war genau so gekommen, wie die alte Anne-Katharina es vorausgesagt hatte. Sie war die Freundin von Frau Lonika, Frau Stechers Mutter, die nur wenige Jahre verheiratet war, als ihr Mann tödlich verunglückte. Da hatte sie nun mit ihrem Töchterlein Christa allein dagestanden. Es war ein recht schwerer Weg gewesen.

Als Christa acht Jahre alt wurde, starb die Mutter.m Sterbebett saß Anne-Katharina, die Jugendfreundin aus dem Heimatdorf. Sie versprach ihr, für die Kleine zu sorgen und sie zu erziehen. Anne-Katharina hatte nie ein eigenes Kind gehabt, aber sie war eine geborene Mutter, und die kleine, scheue Christa fand eine wirkliche Heimat bei der Freundin der Mutter. Sie bewohnte nur zwei einfache Stübchen, aber in diesen verlebte das Kind ein Stückchen Paradies. Nicht nur für das körperliche Wohlbefinden ihrer Pflegetochter sorgte die Freundin der Mutter, sondern es war ihr ein ebenso wichtiges Anliegen, die ihr anvertraute kleine Seele zu pflegen und zu betreuen.

„Auf Gottes Wegen bleiben, nur auf Gottes Wegen bleiben", das war ihr Wahlspruch.

Christa wuchs heran. Anne-Katharina weckte in ihr den Sinn für alles Schöne, Gute und Reine. Die gemeinsamen Wege in Wald und Feld in der schönen Umgebung des kleinen erzgebirgischen Städtchens waren immer ein Erlebnis. Als Christa aus der Schule kam, war sie ein schönes, großes Mädchen geworden. Wie eine Krone lagen ihre vollen, blonden Zöpfe über ihrer reinen Stirn. Froh und klar blickten ihre blauen Augen. Es war eine schöne Zeit voller Harmonie. Grenzenloses Vertrauen herrschte zwischen dem jungen Mädchen und der Pflegemutter, die längst ihre Freundin geworden war.

Wie hatte Anne-Katharina um die Zukunft der Pflegetochter gebangt! Alle Warnungen waren vergeblich.

123

Dieser Bruno Stecher schien eine hypnotische Macht auf das unerfahrene junge Mädchen auszuüben. Die achtzehnjährige Christa glaubte den Worten des jungen Kaufmanns, der in einem Geschäft des Städtchens angestellt war. Sie glaubte seinen Glück verheißenden Versprechungen, sie glaubte an seinen guten Charakter, an seine Liebe, an ihre Zukunft an seiner Seite und – sie wurde enttäuscht.

„Christa, bedenke, er ist kein Christ!" Mit tränenden Augen hatte Anne-Katharina vor ihr gestanden und die Hände bittend erhoben. „Tu mir das nicht an, mein Kind, es ist dein Unglück!" Christa aber hatte an ihn glauben wollen. „Er ist bestimmt ein guter Mensch, wenn er auch kein Kirchenchrist ist, und – Mutter Anne-Katharina, ich liebe ihn!" Und dabei blieb sie. Sie wusste damals noch nicht, dass Liebe da zerbricht, wo man nicht mehr Achtung haben kann, und sie glaubte auch nicht, dass Bruno sie mit sich hinabziehen könne. Ich will immer eine gute Christin bleiben, nahm sie sich vor. Sie war ehrlich genug, die Ursache ihrer frohen Jugend in der christlichen Gesinnung der Pflegemutter zu suchen. Ja, sie wollte auf dem rechten Wege bleiben! Bruno hatte sie ja so lieb, dass er um ihretwillen diesen Weg mit ihr gehen würde. So hatte Christa ihre Hand vertrauensvoll in die Bruno Stechers gelegt.

Bald darauf erblindete Anne-Katharina vollständig. Ob die heißen Tränen banger, einsamer Nächte ihre ohnehin kranken Augen zerstört hatten? – Aber nicht alleine Anne-Katharina weinte in Not und Bangen, sondern auch die junge Frau Christa lag manche Nacht einsam und verzweifelt in ihrem Bett und lauschte angstvoll in die Nacht hinaus. Ob er heute wieder betrunken heimkehrte? Ach wie schnell war der kurze Traum vom Glück dahingeschwunden! In der ersten Zeit ihrer Ehe hatte sie noch an seine Redlichkeit und Liebe geglaubt – aber dann waren das große Erwachen und die furchtbare Enttäuschung über sie gekommen.

Es gehörte zu Brunos Lebensbedürfnissen, jeden Abend in die Wirtschaft zu gehen. Schlimm aber war, dass ihm das, was seiner Frau heilig war, lächerlich erschien. „Christa, wie rückständig, zur Kirche zu gehen, wie kindisch, all den religiösen Klimbim mitzumachen!"

Lange Zeit wehrte sich Christa und versuchte ihrem Glauben Treue zu halten, aber es war ein verzweifelter, aussichtsloser Kampf, in dem sie mit der Zeit unterlag. Ja, hätte sie ihrem bedrängten Herzen Luft machen können, hätte sie all ihre heimliche Not und Enttäuschung ins Heimatstübchen zu Anne-Katharina getragen, sie wäre nicht an dieser Last zerbrochen. Aber Christa trug heimlich und allein ihre Bürde – und sie trug sich daran beinahe zu Tode. Sie hatte sich diesen Weg selbst gewählt und musste ihn gehen. Es war genug, dass sie darunter so unsagbar litt. Sollte sie ihrer Pflegemutter klagen, dass Bruno beinahe jeden Abend betrunken nach Hause kam, dass sie schon des öfteren mit ihrem kleinen Jungen geflüchtet war, wenn er, seiner Sinne nicht mehr mächtig, auf sie losschlug?

Christa hatte auch nicht darüber gesprochen, dass sie einmal dazugekommen war, wie ihr Mann, der wegen seiner Trunksucht aus dem Geschäft entlassen worden war, sich in seiner Verzweiflung erhängen wollte.

Da hatte sie sich mit beinahe übermenschlicher Kraft

an Bruno geklammert und ihn fortgezogen, um das Schreckliche zu verhüten und den Kindern den Vater zu erhalten.

Es wäre nicht nötig gewesen, der Anne-Katharina ihr Leid zu klagen. Sie sah trotz ihrer erblindeten Augen der Pflegetochter noch heute ins Herz und wusste, wie dunkel es darin aussah. Sie hörte es am Klang der Stimme, dass da keine Freudenglocken mehr läuteten.

In Christas Herz war ein Licht nach dem anderen erloschen. Selbst als die beiden Kinder, Hasso und Gonda, Leben und Lachen in das Haus trugen, wollte der Sprung im Herzen der jungen Frau nicht mehr heilen. Was ihr hätte Freude und Lebensinhalt sein können, mied sie nun. Sie glaubte kein Anrecht mehr auf christlichen Trost zu haben. So wurde ihr Leben freudlos und arm.

Ihr Mann fand wieder Arbeit. Er war tüchtig und begabt, aber die Gebundenheit an den Alkohol verdarb ihm das Leben. Nun waren beide müde und hoffnungslos geworden. Die Kinder waren herangewachsen, aber sie suchten die Heimat mehr draußen als in der eigenen Familie. Vor fünf Jahren war Peter-Paul dazugekommen. Mit ihm schien noch ein Licht der Freude in die Häuslichkeit der Familie Stecher gedrungen zu sein – sie liebten alle den kleinen Nachkömmling. Aber es war eben nur ein kleines Lichtlein, mit wenig Leuchtkraft im Vergleich zu der großen Dunkelheit, in die es gestellt war.

Bruno Stecher trank seit einiger Zeit nicht mehr so viel wie vor Jahren. Er hatte wohl erkannt, wenn auch reichlich spät, dass er seine Gesundheit vollständig ruiniert hatte. Dafür aber schien Hasso, sein Ältester, in

126

seine Fußstapfen treten zu wollen. Der junge Mann war sehr begabt, hatte eine gute Stellung, aber war Besorgnis erregend leichtsinnig.

Die Sorgen und Nöte der Frau Christa wollten kein Ende nehmen. Sie hatte gemeint, in ihrer heranwachsenden Tochter einen guten Kameraden zu finden, aber es war, als entglitte auch Gonda ihr. Wie müde und matt machte doch dieser fortdauernde Kampf! Ja, wenn sie noch hätte beten können, aber sie fand keine Kraft, keinen Mut mehr dazu. Es war alles so dunkel, so unsagbar trostlos um sie her. Nur wenn das Peterlein seine weichen Ärmchen um ihren Hals schlang und sie mit seinen blauen Augen liebevoll ansah, dann war es, als flackere ein kleines Freudenlicht in ihrem Herzen auf.

Vielleicht wäre längst die Verzweiflung über sie gekommen, wenn nicht die Gebete der Anne-Katharina vor ihr eine Mauer gebildet hätten. Pfarrer Gruber hatte Recht: „Die Gebete einer Mutter sind die Mauer, die das Kind vor dem Abgrund zurückhält."

„Schenke meinem armen Kind den Frieden seines Herzens wieder", betete die gute Alte. „Aber wenn du es noch tiefer in das Leid führen musst, dann bringe es wieder auf den rechten Weg." Sie ahnte nicht, wie schwer und dunkel die Wolken waren, die sich bereits über dem Haupt der Pflegetochter zusammenballten.

Im Rosenhain der städtischen Anlagen schritt an einem Winterabend ein junges Mädchen auf und ab. Es war frostig kalt und einsam. Zur Sommerszeit blühten und dufteten hier die Heckenrosen, vom zartesten Rosa bis zum dunkelsten Purpurrot, und ein Zwitschern und Jubilieren drang aus den Hecken und Lauben, zwischen denen die Menschen in Scharen lustwandelten. Das junge Mädchen spürte weder Kälte noch Einsamkeit. Letztere war ihr gerade recht. Ihr junges Glück war noch so zart, so neu. Es ertrug noch nicht die neugierigen Augen und gehässigen Klatschmäuler der lieben Nächsten.

Eben schlug es acht Uhr vom Kirchturm. Ein leiser Schneeflockenreigen schwebte anmutig vom Himmel, ein weißer Kragen legte sich auf das schwarze Samtjäckchen und schmückte die gleichartige Mütze des jungen Mädchens.

Gonda ging einige Schritte weiter in den Hain. Jetzt musste Werner gleich kommen. Ihr Herz klopfte, als sei es die erste heimliche Zusammenkunft dieser Art. Dabei traf sie sich mit ihm nun schon seit Wochen in den Abendstunden. Gestern waren sie zusammen im Heldenwäldchen gewesen. Nie im Leben hätte sich die zaghafte Gonda allein in diesen stillen Park gewagt, selbst am helllichten Tag flößten ihr die Kriegergräber Furcht ein. Aber jetzt, mit Werner, war jede Angst verflogen. Wie sicher hatte sie sich gefühlt, als er seinen Arm um sie gelegt und sie geführt hatte. Bis ans Ende der Welt hätte sie so mit ihm gehen mögen. Ein Gefühl der Freude und unaussprechlichen Glückes wollte ihr fast das Herz zersprengen, wenn sie an ihn dachte.

„Kleine Gonda, wie du zitterst", hatte er gesagt und sie fester an sich gezogen. „Fürchtest du dich?" Sie hatte den Kopf geschüttelt. Das Glück verschloss ihr den Mund. Und dann hatte er sie in seine Arme gepresst, ihr Worte von Liebe und Treue ins Ohr geflüstert und ihr so manchen zärtlichen Namen gegeben.

Noch immer ging Gonda auf und ab. Es schlug viertel neun Uhr. Warum kam er nicht? Sicher war etwas Unvorhergesehenes im Geschäft zu tun. Er war ja sonst immer pünktlich. Nun, sie hatte Zeit zu warten.

Auf und ab – auf und ab –, ihre Gedanken gingen den Weg ihrer jungen Liebe. Was würden die Eltern sagen, wenn sie es erfuhren, und Hasso, der sie immer so hochmütig behandelte, wie würden sie alle staunen, und erst die Freundinnen? Sie, die kleine, ängstliche Gonda Stecher, und Werner Baumann, der einzige Sohn des reichen Schuhfabrikanten!

Halb neun Uhr. Gonda zog das Jäckchen fester um die Schulter. Sie schien jetzt doch zu merken, dass nicht die Zeit der Rosenblüte war. Auf und ab – auf und ab.

Ein Geheimnis sollte es sein. Werner wollte vorläufig nicht, dass sie von ihrem Verhältnis sprach. „Wir können ja erst in ein paar Jahren ans Heiraten denken", hatte er gesagt.

Der kleinen Gonda war es recht. Sie war glücklich.

Aber wo blieb er nur heute? Er war doch nicht etwa krank geworden? Es würde doch kein Unglück geschehen sein? So lange hatte er sie noch nie warten lassen. Ihr liebendes Herz war voller Unruhe.

Neun Uhr! – Auf und ab – auf und ab. Um halb zehn verließ Gonda traurig und enttäuscht den Rosenhain. Sie wollte zu Baumanns Villa gehen. Vielleicht, dass sie etwas erfahren konnte. Am Marktplatz begegnete ihr Maria Born, eine Schulkameradin. Redelustig und aufgeräumt nahm sie Gondas Arm und wusste gleich einen Sack voller Neuigkeiten auszupacken. Gonda Stecher aber war unglücklich. Wenn sie nur die aufdringliche

Schwätzerin los wäre! – Werner würde doch nicht etwa auf einem anderen Weg in den Rosenhain gekommen sein und dort auf sie warten?

„Du hörst mir überhaupt nicht zu", beklagte sich die Schulkameradin. „Übrigens habe ich eben Werner Baumann gesehen. Er stieg mit einer reizenden jungen Dame im eleganten Abendkleid vor dem Hotel Adlon aus dem Auto. Offenbar nehmen sie an dem Ball teil."

Mitten auf der Straße blieb Gonda stehen mit totenblassem Gesicht, am ganzen Körper zitternd.

„Nanu, was ist mit dir los?", fragte Maria in ihrer derben Art. „Du kriegst ja einen Schüttelfrost."

„Ich – ich will sofort nach Hause, mir ist so – ich friere entsetzlich." Gonda wankte davon. Bunte Kreise tanzten vor ihren Augen. Werner ließ sie im Rosenhain warten und saß währenddessen im Hotel mit einer fremden jungen Dame. Gonda fror, dass ihr die Zähne aufeinander schlugen.

„Du musst dich sofort zu Bett legen", sagte Frau Stecher, als ihre Tochter totenblass ins Zimmer wankte. „Du wirst doch nicht krank werden? Zu allem auch das noch!" Und sie hüllte das zitternde Mädchen fürsorglich ein, während in ihren Augen die Angst vor einem neuen Unheil stand.

„Soll ich das Licht brennen lassen?"

„Nein", hauchte Gonda, „kein Licht, nur kein Licht!" Nun war auch ihr Licht verlöscht, nun war es auch um sie dunkel geworden.

Acht Tage später las man in der Zeitung:
Elvira Steinheim – Werner Baumann
Verlobte.

Zwei kleine Füßchen tappten die Treppe hinauf zu Anne-Katharinas Wohnung. Ein kleiner Finger klopfte an die Türe, ein Lockenköpfchen schob sich ins Zimmer.

„Tag, Oma Rina, kann ich 'n bisschen bei dir bleiben?"

Über Anne-Katharinas Gesicht zog ein heller Schein der Freude.

„Ei, da kommt ja mein Allerbester. Aber natürlich darfst du bei mir bleiben. Du weißt doch, wie ich mich über deine Besuche freue."

Zwei Kinderärmchen legten sich um den Hals der guten Alten. „Oma Rina, ich hab dich so lieb."

Dann gab es ein schönes Plauderstündchen. Anne-Katharina und Peter-Paul waren zwei Unzertrennliche. Das Bübchen war noch klein, als diese Freundschaft geschlossen wurde. Zwei der ersten Worte, die er sprechen lernte, waren „Oma Rina", und jetzt, da er eigentlich längst ihren Namen aussprechen konnte, blieb es dabei. Oma Rina liebte den kleinen Enkel, wie sie ihn auch ohne Verwandtschaftsnachweis nannte, innig. Seit einem Jahr war sie nicht mehr in der Wohnung ihrer Pflegetochter gewesen. Bruno Stecher hatte ihr die Tür gewiesen, als sie gewagt hatte, ihm wieder einmal die Wahrheit zu sagen. Den Peter-Paul focht dieses Verbot weiter nicht an. Wenn die Oma Rina nicht mehr zu ihnen kam, so ging er eben zu ihr. Und es verging kaum ein Tag, da er nicht seinen Besuch in der Maiengasse machte. Da saß er jeden Tag auf dem kleinen Stühlchen am Fenster neben dem Sessel der Anne-Katharina und hatte eine ganze Menge neuer Fragen, mit denen er die Oma Rina bestürmte. Wie sie überall Bescheid wusste und dem kleinen Fragekasten Auskunft geben konnte! Geradezu köstlich war es, wenn die beiden anfingen, vom Himmel und von den Engeln und vom lieben Gott zu sprechen. Dann war es, als sei das Stübchen in der Maiengasse voll strahlenden Himmelsglanzes. Und wenn man bei Stechers in den Weihnachtsfeiertagen kein einziges Lied gesungen hatte – im Stübchen der Anne-Katharina hatten die beiden voller Jubel und Begeisterung angestimmt: „Christ ist erschienen, uns zu versühnen, freue dich, o Christenheit!"

Noch etwas bewegte heute Peter-Paul.

„Oma Rina, kannst du gar nichts sehen?"

„Nein, Liebling, gar nichts."

„Oh", ein Seufzen drang aus dem mitfühlenden Kinderherzen. Sekundenlang drückte der Kleine die Augen zu, um die unfassliche Auswirkung des Leidens der Blinden mitzuerleben.

„Oh, Oma, schrecklich! Wie kommt es aber, dass du dich nicht an dem Tisch oder Schrank stößt?"

„Das kommt daher, dass ich meinen Weg kenne."

„Und du kannst nie die Sonne sehen, nie die Blümchen, nie den feinen glitzernden Schnee, keinen Weihnachtsbaum, auch nicht meinen Maikäfer, auch mich nicht, auch nicht unsere Mutti? Oh, Oma Rina!"

Immer trauriger war die Stimme geworden. Plötzlich rutschte das kleine Kerlchen vom Stühlchen, zog den Kopf der Anne-Katharina zu sich herab und drückte ihr auf jedes Auge einen warmen Kuss.

Da hob die Oma Rina den Kleinen auf ihren Schoß. „Du musst nicht traurig sein, Herzkind. Wenngleich

132

ich all das Schöne und auch euch nicht sehen kann, so hat mir der liebe Gott doch ein helles, frohes Licht ins Herz gestellt. Ein Lichtlein vom Himmel, so dass ich gar nicht traurig und verzagt sein muss. Mit diesem Licht habe ich vieles sehen gelernt, was ich früher nie gesehen habe und was mich so froh macht. Denk dir, dieses Lichtlein leuchtet direkt in den Himmel hinein."

Nun waren sie wieder an ihrem Himmelsthema angekommen. Peter-Paul hatte wieder so viel zu fragen, dass beide gar nicht merkten, wie schnell der Abend hereinbrach. Aber nun musste noch ein Lied gesungen werden.

„In der Welt ist's dunkel, leuchten müssen wir, du in deiner Ecke, ich in meiner hier."

So schallte es durch das Haus, als Frau Stecher mit müden Schritten zu ihrem Heimatstübchen emporstieg, um ihren Jüngsten zu holen. „Ihr Glücklichen, die ihr noch singen mögt!"

Anne-Katharina freute sich, dass ihre Christa kam. „Ich wollte nur den Kleinen holen, anscheinend habt ihr beide nicht gemerkt, dass es Abend geworden ist."

„Ist es schon dunkel draußen?", fragte Anne-Katharina und wandte den Kopf zum Fenster. „Ja, es ist ganz dunkel geworden", antwortete Frau Christa.

Da vernahm der Pflegemutter feines Ohr den herben Klang in der Stimme der Tochter. Ihr schien, als hätte die Antwort einen Doppelsinn.

„Ist es wieder einmal ganz dunkel?", fragte sie leise und suchte Frau Stechers Hand.

„O Mutter, mehr als dunkel! Mit Gonda ist es noch immer das Gleiche. Sie isst nicht, und nachts höre ich sie in ihrem Zimmer auf und ab gehen und leise weinen. Sie ist schon ganz elend. Wenn ich nur wüsste, was ihr fehlt. Das Furchtbare ist, dass sie mir, ihrer Mutter, nicht vertraut. Sie ist meinen Händen entglitten. Womit habe ich das verdient?" Aus Christas Worten sprach Bitterkeit.

„Wann hast du zum letzten Mal mit deiner Tochter gebetet, Christa?"

Frau Stecher antwortete mit einer müden Handbewegung. „Gebetet? – Mutter, das verstehst du nicht. – Komm, Peter-Paul, sag der Oma Gute Nacht! Wir müssen gehen!"

Als sie mit dem Knaben an der Hand ihrem Hause zuschritt, musste sie unwillkürlich den Faden weiterspinnen. Mit Gonda beten? – Wie kann ich ihr geben, was ich längst selbst nicht mehr besitze?

Am nächsten Tage war das Furchtbare geschehen. Während die Mutter im Hause beschäftigt war, hatte Gonda einen Selbstmordversuch unternommen. Sie hatte sich still und heimlich fortgeschlichen und in den See, der in der Nähe des Rosenhains lag, gestürzt. Die beiden Forstbeamten, die im angrenzenden Walde beschäftigt waren, hatte sie offenbar nicht bemerkt. Dem sofortigen Eingreifen dieser beiden Männer war ihre Rettung zu verdanken.

Mitten in ihrer Arbeit wurde Frau Stecher plötzlich von einer unbegreiflichen Unruhe befallen. Was war es nur, das ihr so schmerzhaft nach dem Herzen griff? Dann hatte man ihr die entsetzliche Nachricht gebracht – und ihr Aufschrei gellte durch das Haus:

„Gott, mein Heiland!"

Wie lange hatte sie nicht gebetet! War das nun ein Gebet? Unwillkürlich hatte sie in der Angst ihres Herzens, in dem jähen Entsetzen, das sie befiel, den Namen des einzigen Retters angerufen.

„Gott, mein Heiland!"

Man hatte Gonda ins Krankenhaus gebracht. Ihre Mutter beugte sich schluchzend über sie. Da lag ihr Kind. Die prachtvolle Haarkrone war gelöst, die schweren Zöpfe umrahmten das totenblasse Gesicht. War sie gar tot? War es ihr gelungen, das Leben von sich zu werfen? – Wie erschlagen sank die Mutter an der Seite ihrer Tochter nieder. Sie kannte in diesem Augenblick nur einen Wunsch: auch sterben zu dürfen. Und als sie weinend ihr blasses Kind umschlang, spürte sie das leise Klopfen des lebensmüden Herzens. Gonda lebte noch! Die Mutter atmete befreit auf.

Zu Hause gab es einen furchtbaren Auftritt. Bruno Stecher tobte: „Diese Schande, dieser Skandal!"

Christa sah ihn aus todesmatten Augen an. „Willst du nicht dankbar sein, dass Gonda lebt? Wäre es nicht entsetzlich, wenn wir das Kind verloren hätten?"

Aber er rumorte weiter. „Man kann sich nicht mehr auf der Straße sehen lassen, unerhört von diesem Mädchen!"

Frau Christa aber musste daran denken, wie sie ihn vor Jahren vor dem Selbstmord bewahrt hatte. Hatte er das vergessen? Hatte er vergessen, wie oft er auf den Plätzen und Straßen sinnlos betrunken umhergewankt war? Schande – Skandal! In seinem eigenen Leben sah er solches nicht, nur in dem der andern.

Frau Stecher saß manchen Tag am Bett ihrer Tochter. Aber wie sehr sie sich auch bemühte – Gonda erschloss ihr Herz nicht der Mutter. Verzweifelt schlug sie die Hände vor das Gesicht und stöhnte. Warum hatte man sie nicht sterben lassen, warum zwang man sie zurück in dieses unerträgliche Leben? Frau Stecher stand mit schmerzverkrampften Händen am Fenster und starrte hinaus in die Nacht. Wie war es nur gekommen, dass sie das Vertrauen ihrer einzigen Tochter verloren hatte? Hatte sie es überhaupt besessen? Und wie kam es, dass sie so wenig Fühlung mit ihrem Kinde hatte, sodass ihr die Ursache einer solchen Verzweiflungstat entgehen konnte? Christa rang die Hände. Hatte sie etwas versäumt? Und nun wollte die Verzweiflung die Hände nach der Mutter ausstrecken. War ihr Leben nicht vollständig verfehlt?

Anne-Katharina, wie Recht hattest du vor Jahren, als du unter Tränen warntest: „Kind, Kind, sorge dafür, dass dein Weg einmal nicht im Dunkel endet!" Ja, nun war es dunkel, ganz dunkel geworden.

Gonda wurde aus dem Krankenhaus entlassen. Aber sie konnte sich nicht erholen. Wie eine unheimliche Schwermutswolke lag es über ihr. Bruno Stecher sprach nicht anders als in Vorwürfen zu seiner Tochter und peinigte sie auf diese Weise grenzenlos. Hasso zuckte die Achseln. „Affektierte Liebestragödie!" Dabei wäre es ihm nicht gleichgültig gewesen, wenn man seine Schwester zum Friedhof getragen hätte.

Im Hause Stecher fand keiner den Weg zum Herzen des andern. Frau Christa sah, dass es so nicht weitergehen konnte. Wenn ihr Kind genesen sollte, musste Abhilfe geschaffen werden. So kam es, dass man eines Abends das junge Mädchen ins stille Stübchen zu Anne-Katharina trug. Frau Stecher wusste: Wenn irgendwo Hilfe und Besserung für Gonda zu erwarten war, dann fand sie diese in der Maiengasse bei Oma Rina. Und damit hatte sie Recht. Die Blinde sah wieder einmal tiefer und klarer als alle andern. Ohne das Mädchen mit aufdringlichen Fragen zu quälen, umgab sie die Kranke mit fürsorglicher Liebe und pflegte sie, wie es die eigene Mutter nicht besser konnte. Und im Schein ihres Lichtes, des Himmelslichtes, von dem bereits Peter-Paul wusste, erleichterte Gonda ihr beschwertes Herz ganz von selbst, indem sie der Anne-Katharina von der schmerzlichen Enttäuschung ihres Lebens sprach. Waren es nicht Mutterhände, die sich über ihr falteten?

Sanfte Geigentöne drangen aus dem Weinlokal am Marktplatz. Die Klänge erfüllten den voll besetzten Raum und schienen den jungen Paaren, die in den weichen Polstern der schwach beleuchteten Nischen des Restaurants saßen, die Melodie ihrer Liebe zu singen. Sie drangen hinaus und weckten da und dort Sehnsucht und Träumerei.

„Er spielt gut", sagte der Apotheker, der mit seinen Freunden seinen allabendlichen Platz am Stammtisch einnahm, und wies mit dem Weinglas hinüber zum Podium, wo der junge, schmächtige Geiger mit den blassen Händen und den traurigen Augen stand. „Wer ist er denn eigentlich?", erkundigte sich der Tierarzt.

„Na, irgendein armer, verlorener Sohn!" Herr Baumann, der Schuhfabrikant, hatte diese Auskunft gegeben, die jetzt von der ganzen Stammtischrunde als prächtiger Witz belacht wurde.

Der „verlorene Sohn" aber spielte weiter. Er legte sein ganzes, tieftrauriges Herz in die Melodie seines Liedes. Er hatte daheim in weiter Ferne eine kranke, tuberkulöse Frau. Ob er jemals so viel Geld zusammenspielte, dass er ihr den Aufenthalt in einem Sanatorium ermöglichen konnte? Oder ob sie schon tot war, bis er nach Hause kam?

„Er spielt wirklich wunderbar!" Elvira Steinheim lehnte sich an ihren Verlobten und blickte versonnen in die Weite. Die sanften Töne füllten ihr Herz mit großen Zukunftsplänen. Sie sah ihr Glück vor sich, das Glück, das sie an der Seite des geliebten Mannes zu erwarten hatte – an der Seite des Mannes, der kaltblütig über das zertretene Herz eines vertrauenden jungen Mädchens hinweggeschritten war.

Hasso Stecher saß mit seinen Freunden ebenfalls in diesem Weinlokal. An seinem Tisch ging es meistens lebhaft zu. Er war stets einer der ausgelassensten, voll sprühenden Witzes und lustiger Einfälle. Heute aber schien ihn ein Problem zu beschäftigen.

„Hasso, alter Junge, was ist nur in dich gefahren?" Sein Freund Harry Golder schlug ihm derb auf die Schulter. „Sollte Amor . . . ?"

Hasso unterbrach ihn ärgerlich. „Hör auf mit diesem Unsinn!" Und seine Stimme dämpfend fuhr er fort: „Meinst du, es sei mir vielleicht gleichgültig, was du vorhin gesagt hast?"

„Was denn? Etwa die Sache mit Baumann? – Mensch Hasso, das ist nun einmal so im Leben! Aber dass die

138

Sache stimmt, kannst du glauben. Meine Schwester hat die beiden des öfteren zusammen gesehen."

„Und da drüben sitzt der Kerl mit seiner Braut!"

„Hör mal, Hasso, du benimmst dich lächerlich. Willst du dich mit ihm vielleicht duellieren? Es wird noch mancher ein kleines Mädchen sitzen lassen, weil ihm ein neuer Stern am Himmel seiner Liebe aufgegangen ist."

„Schweig", donnerte Hasso ihn an, sodass die Gäste an den anderen Tischen auf ihn aufmerksam wurden.

Der Freund zuckte mit den Achseln und wandte sich den anderen zu. „Man muss ihn gehen lassen, er scheint nicht gut aufgelegt zu sein."

Hasso Stecher saß vor seinem Weinglas und starrte hinüber zu dem Tisch, an dem Werner Baumann mit seiner Braut saß.

Wie hatte doch Harry Golder gesagt? „... Es wird noch mancher ein kleines Mädchen sitzen lassen!" Ein Ekel stieg plötzlich in dem jungen Stecher hoch. War so das Leben? Er war bestimmt kein Tugendheld und hasste jede Sentimentalität, von Frömmigkeit ganz zu schweigen, aber es war merkwürdig: Seit die kleine Schwester so totenblass im Krankenhaus gelegen hatte, packte es ihn oft mit unheimlicher Gewalt, obgleich er immer wieder versuchte, es von sich abzuschütteln. Wenn er auch die Handlung der kleinen Gonda grob und unfein kritisiert hatte, war es ihm doch furchtbar, daran zu denken, wie es hätte enden können. Und merkwürdigerweise fielen ihm jetzt auch die traurigen Augen seiner Mutter auf. Was hatte die Frau eigentlich von ihrem Leben? Ihr Los an der Seite des Vaters war gewiss nicht leicht. Er wusste sich sehr wohl mancher Schreckensszenen aus seiner Kinderzeit zu erinnern. Wie oft war der Vater sinnlos betrunken gewesen. Und er selbst, war er nicht auf dem besten Wege, in die gleiche Knechtschaft zu geraten? Saß er nicht beinahe jeden Abend hier im Weinlokal?

Hasso Stecher fuhr sich mit der Hand über die Augen, als könne er etwas Lästiges wegwischen. Was war denn heute nur mit ihm los? Auch er schien auf dem besten Wege, sentimental zu werden. Lächerlich, daran war dieser Baumann schuld, der da drüben mit seinem Mädchen schäkerte und sich nicht im Geringsten darum kümmerte, dass er seine Schwester beinahe in den Tod getrieben hatte. Nein, er konnte seinen Anblick nicht länger ertragen. Er hätte ihn sonst zur Rechenschaft ziehen müssen. Es hätte einen Skandal gegeben. Hasso zahlte und verließ das Lokal. Der „verlorene Sohn" aber spielte immer noch seine Weisen.

Hasso Stecher kannte sich selbst nicht mehr. In seinem Innern schien etwas aufgewühlt worden zu sein. Das Leben erschien ihm sinn- und zwecklos. „Er hat einen moralischen Katzenjammer", hätte Harry Golder gesagt, „der vergeht wieder." Aber so hatte er noch nie gefühlt.

Aus einer Kirche drang leises Orgelspiel. Ein Organist schien sich noch in später Abendstunde für den morgigen Sonntag vorzubereiten. Die Klänge drangen dem jungen Stecher ins Herz, und plötzlich kam eine große, ganz neue Sehnsucht über ihn. Sehnsucht nach etwas Schönem, Reinem. Und das war nicht moralischer Katzenjammer, sondern das war einfach Heim-

140

weh nach Gott. Vielleicht war ihm ein Lichtschein von Anne-Katharinas Himmelslicht ins Herz gedrungen. Eben schritt er nämlich durch die Maiengasse. In den kleinen Häusern war es längst dunkel geworden, nur oben aus Anne-Katharinas Stübchen drang noch ein Lichtschein in die Nacht. Wehmütig lächelte Hasso hinauf. Da oben wohnte jetzt seine blonde Schwester, die in der Unruhe und Angst ihres Herzens bei der blinden alten Frau Heimat gefunden hatte. – Ach Heimat, Frieden, Ruhe! Wie konnte nur ein solches Sehnen über einen kommen!

Ganz gewiss war es ein Lichtstrahl aus Anne-Katharinas Kammer. Da saßen sie in diesem Augenblick zusammen. Gonda musste der Oma Rina aus der Bibel vorlesen. Und dann faltete Anne-Katharina die Hände und betete. An alle dachte sie dabei, auch an Hasso Stecher, der jetzt in der ihm selbst unbegreiflichen Unruhe seines Herzens durch die Straßen lief und auch ein verlorener Sohn war. Es war das Licht der Anne-Katharina, das ihm ins Herz gedrungen war.

Wie ist es möglich, dass man bei hellem Sonnenschein friert, dass man bei strahlend blauem Himmel das Empfinden hat, es sei ein trüber Wintertag, und dass man besorgt zum Himmel emporblickt, als sei er mit dunklen, unheilschweren Wolken bedeckt? Über dem kleinen, erzgebirgischen Städtchen lag eine so eigentümliche Schwüle. Mitten im Sommer war es. Der kleine Ort glich einem einzigen Blumenbeet. In den Gärten und Anlagen, auf den Wiesen, in den umliegenden Wäldern blühte und grünte es, als ob die Welt sich zu einem Fest rüsten wollte. Der Rosenhain war in ein duftendes Prachtgewand gekleidet. Schmetterlinge gaukelten in frohem Spiel über die Fülle von Rosenknospen und Blüten. Die Vögel jubilierten, als seien sie von einem Freudenrausch befallen. Niemand im Städtchen aber schien diese feierliche Stimmung wahrzunehmen. Erlaubte sich ein junges Menschenkind, sehnsüchtig hinaus in die Freude verheißende Weite zu blicken, so senkte es gewiss rasch wieder die Augen, als hätte es ein Unrecht begangen – denn wie konnte man an Freude denken, wo der Tod durch die Stadt schritt? Ja, der Tod schritt durch das erzgebirgische Städtchen, und das Furchtbare war, dass er die zartesten Blumen knickte, die Frühlingshoffnung des Lebens zerstörte. Wie mancher alte, lebensmüde Mensch streckte die welken, zitternden Hände über die kleinen Leidenden und flehte: „Nimm mich mit, nimm mich! Das Leben liegt hinter mir, ich habe nichts mehr zu erwarten noch zu verlieren, nimm mich und schone die zarten Pflänzchen, die ja erst ins Leben hineinwachsen und ihre Aufgaben erfüllen sollen!" Aber der Tod fragt nicht danach. Er schob die flehend erhobenen Hände zur Seite. Er übersah die heißen Tränen der Mütter und raffte eine kleine Blume nach der andern hinweg.

Diphtherie, diese schreckliche Kinderkrankheit, herrschte seit Wochen in dem Städtchen. Kaum ein Tag, da man nicht einen oder mehrere weiße Särge hinaustrug. Es gab Mütter, die nicht nur ein Kind, sondern mehrere, sogar alle Kinder verloren. Großes Weinen erfüllte das Städtchen. Dunkel war es mitten in der Sonne des strahlenden Sommertages.

Gonda Stecher saß mit einer Handarbeit am Fenster. Aber ihre Hände ruhten. Aus dem gegenüberliegenden Haus trug man soeben einen Kindersarg, den zweiten in einer Woche, und oben saß die Mutter am Bett ihres letzten Kindes, das mit dem Tode rang. Gonda seufzte in Mitleid und ehrlicher Trauer. Wir furchtbar war doch das! Bisher hatte sie gemeint, ihre eigene, große Enttäuschung sei das Schlimmste, was einen treffen könnte, aber gab es ein tieferes Leid als das Herzeleid einer Mutter, die alle ihre Kinder verlor?

Anne-Katharina setzte sich zu ihr in den Sessel.

„Gerade wird die Kleine von drüben hinausgetragen", berichtete Gonda. „Man kann es nicht verstehen, warum Gott so viel Leid zulässt."

„Du hast Recht", antwortete Anne-Katharina. „Verstehen kann man es nicht, aber glauben bedeutet auch nicht verstehen, sondern vertrauen. Wenn Gott all die kleinen, zarten Blümchen in seinen Himmelsgarten verpflanzt, dann weiß er, warum. Wohl kostet es jetzt das Herzblut der Mütter. Einmal aber werden sie alle begreifen, dass es Liebe und nicht Härte oder gar Zorn war. Gottes Auge sieht weiter als unser menschliches und ..." In diesem Augenblick wurde sie von Gonda unterbrochen. „Mutter kommt! Aber wie sieht sie aus! Ganz blass und verstört, ohne Hut."

Das junge Mädchen sprang auf, um die Türe zu öffnen. Da hastete die Mutter schon die Treppe herauf. Grußlos trat sie ins Zimmer. Neben Anne-Katharinas Sessel sank sie auf den Stuhl, von dem Gonda soeben aufgesprungen war. Wie nach Hilfe suchend, umklammerte sie die Hände der Blinden, deren feine Seele sofort die zitternde Angst verspürte. Es klang wie ein Aufschrei: „Mutter, unser Bübchen ist krank, es ist bestimmt Diphtherie." Ein Schluchzen erschütterte die bebende Gestalt. „Mutter, du musst beten, ich wage es nicht. Er darf nicht sterben, er darf nicht!" Und nun schien ein Sturm die Frauengestalt zu schütteln. „Mutter, nicht auch das noch, nicht auch das noch!"

Anne-Katharina zog die Pflegetochter an sich und streichelte mit weicher Hand über deren Haar, immer wieder, immer wieder.

„Christa, glauben heißt vertrauen. Ja, ich will beten, dass Gott auch dir gegenüber die Liebe bleibt."

Gonda hatte ratlos dem Schmerzensausbruch der Mutter beigewohnt. Dann war sie schweigend ins Nebenzimmer gegangen.

Als Frau Stecher ein paar Minuten später aufsprang, weil sie glaubte, das kranke Kind nicht länger mit dem Vater allein lassen zu können, stand die Tochter zum Mitgehen bereit an ihrer Seite. „Mutter, ich komme mit nach Hause."

„Du, Gonda?"

Seit ihrer Übersiedlung in die Maiengasse hatte Gonda es nicht mehr gewagt, die elterliche Wohnung zu betreten, aus Furcht vor dem Vater, der ihr die Handlungsweise an jenem Schreckenstage nicht verzeihen konnte. Die Zeit im Stübchen der Anne-Katharina war jedoch nicht vergeblich gewesen. Nun wusste sie, dass die Mutter sie brauchte, und dieses Bewusstsein füllte ihr Herz mit Kraft und Freude, trotz des Leides, das wieder über ihre Familie hereinzubrechen drohte. Sie hatte eine Aufgabe zu erfüllen, und das würde ihr

144

helfen, auch dem Vater gegenüber die rechte Stellung einzunehmen.

„Komm, Mutter, ich führe den Haushalt, während du den Kleinen pflegst." Und sie stützte die Mutter, die, unter der neuen Bürde wankend, zusammenzubrechen drohte.

Tage vergingen, bange Tage voller Not und Sorge, Tage und Nächte voll heißer Angst. Und eines Tages stürmte wieder jemand die Treppe zu Anne-Katharina hinauf.

„Oma, Oma, Peter-Paul stirbt!" Gonda umklammerte die Blinde, als wäre von ihr allein Hilfe zu erwarten. „Der Kleine stirbt, und Mutter hat einen Nervenzusammenbruch erlitten. Was soll ich nur tun, Oma, was soll ich nur tun? Vater hat auch wieder so schreckliche Schmerzen, den ganzen Tag flucht er und schimpft auf den Doktor, dass er dem Kleinen nicht hilft. Oma, was soll ich nur tun?" Das Mädchen schien am Ende seiner Kraft.

Anne-Katharina war einen Augenblick ganz stille, so als horchte sie nach innen, dann stand sie auf, ging zum Schrank und zur Kommode und packte einige Sachen in eine große Tasche. „Komm", sagte sie und wandte sich zur Türe.

Gonda verstand nicht gleich, was gemeint war.

„Komm", wiederholte die Blinde, „ich gehe mit dir, ich helfe dir!"

„Oma Rina", Gonda merkte nicht, dass sie Peter-Pauls Anrede benützte, „Oma Rina, du willst mitgehen? Wenn du nur am Bett des Kleinen sitzt und der Mutter ein wenig Trost zusprichst, will ich für das Übrige sorgen. Aber der Vater –" Wie würde er ihr Kommen aufnehmen?

„Ich fürchte mich nicht vor deinem Vater, mein Platz ist jetzt bei meinem Kind. Komm!" Meinte sie nun Frau Christa oder Peter-Paul? Gonda wusste es nicht, aber ihr angstgepeinigtes Herz wurde ruhig und zuversichtlich. Wenn Anne-Katharina mitkommen würde, so konnte man getrost sein. Obgleich es nicht in ihrer Macht lag, die Krankheit aufzuhalten, so ging doch von ihr eine Ruhe aus, dass man sich in ihrer Nähe geborgen fühlte. Gonda atmete auf. Oma Rina kam, und mit ihr das Licht, das man in ihrer Familie umsonst suchte.

Bruno Stecher saß am Bettchen seines Jüngsten und hielt dessen fieberheißes Händchen. Angst und Grauen spiegelte sich auf seinem Gesicht wider. Unfasslich, dass das wimmernde Kind, das da so hilflos lag, sein kleiner froher Bub sein sollte – Herrgott!

Bruno Stecher, deine Lippen flüstern den Namen des Allmächtigen? Wer gibt dir das Recht dazu, da du nicht an ihn glaubst? Oder kommt es dir in diesen Augenblicken, da dein Kind mit schmerzverzerrtem Gesicht vor dir liegt, zum Bewusstsein, dass du ihm machtlos gegenüberstehst?

Bruno Stecher verharrte in schweigender Angst vor dem Bette des Kindes, auch als Gonda mit Anne-Katharina eintrat. Er ließ es zu, dass sie sich über seine kranke Frau beugte und ihr sagte: „Ich bleibe bei dir, Christa, bis es nicht mehr dunkel ist", aber er bot ihr nicht die Hand zum Willkommensgruß.

„Nicht mehr dunkel?" Die blasse Frau, die vollständig erschöpft in den weißen Kissen lag, wiederholte flüsternd dieses Wort. „Nicht mehr dunkel? Mutter, es wird nie, nie mehr hell werden!"

Und wieder streichelte die Mutterhand beruhigend über die heiße Stirne. „Christa, mein Kind, oft ist gerade das, was wir als Dunkelheit ansehen, unser größtes Licht. Denke an meine Erblindung."

„Ach, Mutter, dich und mich – uns trennen Welten." Und dann konnte die Kranke, die unter den Lasten ihres Lebens zusammengebrochen war, vor Weinen nicht mehr sprechen. Sie war am Ende ihrer Kraft, jetzt, da sie mit dem Tod ihres Jüngsten rechnen musste.

Anne-Katharina blieb und erfüllte in ruhiger, selbstverständlicher Art ihre Pflicht. Es war erstaunlich, wie rasch die Blinde sich zurechtfand. Den Haushalt besorgte Gonda, während Anne-Katharina sich um die Kranken kümmerte. Peter-Pauls Zustand wurde immer bedenklicher. Der kleine Körper schien sich vergeblich gegen die unheimliche Gewalt der Krankheit aufzulehnen. Das Kind litt unsäglich. Frau Christa versuchte jeden Tag aufzustehen und die Pflege ihres Lieblings selbst zu übernehmen, aber es war vergeblich. Die Füße trugen sie einfach nicht. Anne-Katharina hatte keine leichte Aufgabe zu erfüllen. Die Pflege der drei Kranken, Bruno Stecher war ja ebenfalls Patient, bedingte nicht nur körperliche, sondern vor allem seelische Kraft. Da lag die verzweifelte Frau, drüben saß der gichtkranke, sich gegen alles auflehnende Mann, und hier kämpfte das Kind seinen letzten Kampf.

Dann kam eine furchtbare Nacht. Spät am Abend war der Arzt noch einmal dagewesen. Was von seiner Seite geschehen konnte, war getan worden. Er hatte nur wenig Hoffnung, denn er kannte die Symptome.

Anne-Katharina und Gonda geleiteten ihn zur Türe.

„Machen Sie sich auf das Schlimmste gefasst!" Mit diesen Worten verabschiedete er sich.

Gonda schluchzte laut auf. Die Blinde faltete die Hände und hob die erloschenen Augen zum Himmel. Ihre Seele aber flehte um Kraft für die nächste Wegstrecke. Als sie das Schlafzimmer betrat, saß Frau Christa in ihrem Bett, die Augen angstvoll geöffnet, die Hände in der Decke verkrampft. „Was hat er gesagt? Was hat er gesagt? Muss Peter-Paul sterben?" Anne-Katharina gab keine Antwort. Da sank die Kranke mit einem Aufschrei in die Kissen zurück.

Im nächsten Augenblick versuchte sie das Bett zu verlassen. „Ich muss bei ihm sein bis zuletzt, ich, seine Mutter!" Bei den ersten Schritten aber brach sie kraftlos zusammen. Hasso und Gonda trugen sie zurück in ihr Bett. Nun kamen Stunden, wo man nicht wusste, ob man mehr um das Leben des Kindes oder um das der Mutter bangen müsse. „Tragt ihn zu mir, nah an mein Bett", hauchte Frau Christa, „er soll bis zuletzt meine Hand fühlen."

Sie trugen das weiße Gitterbettchen an ihre Seite. Man sah es dem Kinde an: es ging ums Letzte. Alle hatten sich am Schmerzenslager des Kleinen versammelt. Bruno Stecher, der in seinem Leben immer geglaubt hatte, durch eigene Macht alles erzwingen zu können, musste an sich selbst zuschanden werden, er, der so groß von sich dachte, war unter der Knechtschaft des Alkohols ein elender Sklave geworden, und jetzt, in den gewaltigen Stunden dieser unheimlichen Nacht, kam es ihm zum Bewusstsein, dass er hilflos, aber auch erbärmlich hilflos war der Gewalt gegenüber, die da am Bette seines Kindes herrschte. Er sank in sich zusammen, begrub den Kopf in den Händen und stöhnte wie ein verwundetes Tier.

Hasso stand am Kopfende des Bettchens. Auch ihm begegnete zum ersten Mal in seinem Leben die Majestät des Todes, und er zitterte vor ihr. Wie hatte er so leichtsinnig drauflos leben können, ohne sich je über den Ernst des Lebens und des Sterbens Rechenschaft zu geben? Wenn nun er, statt des kleinen Bruders, hier liegen würde? „Gott im Himmel!"

Christa Stecher, hörst du es? Die Seele deines Sohnes schreit nach Gott. Du bist verzweifelt, weil du glaubst, kein Anrecht mehr an Gott und seinem Reich zu haben, du und deine Familie, weil du den rechten Weg verloren hast und so den Deinen kein Wegweiser zu ihm sein konntest.

Hörst du es, Christa Stecher? Man ruft in deinem Hause nach Gott! An der Schwelle der Ewigkeit wird jedes stolze Haupt gebeugt. Und du selbst, Christa?

Frau Stecher aber sah nichts als Dunkelheit.

„Mein Kind!", schrie sie auf, „mein Kind, meine einzige Freude, meine einzige Lebenshoffnung, mein letztes Licht in der Dunkelheit meines Daseins! Anne-Katharina, Mutter, warum betest du nicht?"

„Ich bete, Christa!"

„Gott wird dich nicht hören, Mutter, er kann dich nicht hören. Er hat sich von uns abgewandt, weil wir nicht mehr nach ihm fragten." Und nun schrie sie auf, dass es durch das Haus gellte. „Er wird es mir nehmen, er lässt mein Kind sterben. Dort, dort steht er, der Tod!"

Alle waren erschüttert, und ihre Seelen erbebten vor diesem Verzweiflungsausbruch. Bruno Stecher aber fühlte den Schlag. Schweißtropfen standen auf seiner Stirne. Er wagte nicht, sein Angesicht aus den Händen zu erheben. Er erkannte wohl in diesem Augenblick, was er auf sich geladen hatte, als er seiner Frau den Kinderglauben zertrat.

Anne-Katharina saß zwischen dem Bett des Kindes und dem der Mutter. Jetzt suchte sie nach der Hand der Pflegetochter, und klar und bestimmt sprach sie: „Christa – Gott ist die Liebe."

„Aber nicht für uns", begehrte diese auf. „Wir haben ihn verlassen, und nun nimmt er uns das Kind, unsere einzige Freude."

Peter-Paul, der vor Schwäche eingeschlummert war, erwachte durch die entstandene Unruhe. Röchelnd ging sein Atem. Leise begann er zu weinen. Die Blinde beugte sich über ihn. „Kennst du mich, mein Liebling?"

„Oma Rina", hauchte das Kind, „es tut so weh, und es ist so dunkel. Mach doch Licht, Oma Rina, mach schnell Licht! Oh, mein Hals, mein Kopf!"

Immer kürzer gingen die Atemzüge, immer unruhiger wurde das Kind. Die Kräfte ließen sichtlich nach. Plötzlich flüsterte es, und die Angst zitterte in seiner Stimme: „Warum lasst ihr mich alle allein? Warum geht niemand mit? Es ist so schrecklich dunkel, und ich fürchte mich."

„Der Heiland ist bei dir", sagte Anne-Katharina.

„Der Heiland?", wiederholte flüsternd das Kind. „O ja, der Heiland."

„Er stirbt!", schluchzte die Mutter, „ach, mein Kind stirbt! Peter-Paul, nimm mich mit!"

Und wieder flüsterte der kleine Mund etwas, es war aber kaum zu verstehen.

Nur die Blinde hatte es vernommen.

„Oma Rina, sing: Leuchten müssen wir!"

Da saß nun die Blinde zwischen den beiden Kranken. In einer Hand hielt sie das fieberheiße Händchen des Kindes und mit der anderen hatte sie die zuckenden Finger der kranken Frau umfasst.

Hasso hatte den Arm um seine Schwester gelegt, über deren Gesicht unaufhaltsam Tränen rannen. Sie alle erwarteten den Tod des Kleinen.

Anne-Katharina aber sang mit leiser Stimme:

„In der Welt ist's dunkel,
leuchten müssen wir;
du in deiner Ecke,
ich in meiner hier.
Halte rein dein Herze,
halt die Sünde fern,
dann wirst du einst schauen
Jesum, deinen Herrn."

Es war wundersam. Über die erregten Gemüter senkte sich eine unerklärliche, fast überirdische Ruhe.

Als die Blinde ihr Lied beendet hatte, faltete Frau Christa plötzlich die Hände. Sie, die eben noch haltlos und verzweifelt gewesen war, sagte laut und allen vernehmlich: „Lieber Gott, wenn du ihn lieber hast als ich, dann nimm ihn! Vielleicht ist er bei dir glücklicher, als er bei uns sein kann."

War es der Eindruck des schlichten Liedes gewesen, oder hatte sie in diesem Augenblick an der Schwelle der Ewigkeit die Nähe Gottes empfunden, dass sie zu solchem Ausspruch fähig war?

Niemand wagte ein Wort zu erwidern. Als Gonda sich über das Bettchen des Brüderleins beugte, war er eingeschlummert. Sie erwarteten alle nichts anderes, als dass er nicht mehr erwachen würde, aber Stunde um Stunde verrann, und noch immer hörte man die röchelnden Atemzüge. Hasso und Gonda begaben sich schließlich zur Ruhe. Anne-Katharina hatte versprochen, sie zu wecken, wenn eine Veränderung einträte. Bruno Stecher aber blieb am Bett seiner Frau und dem des Kindes sitzen. Er sprach nie darüber, was er in jener Nacht erlebte, aber eins war sicher: Es war die Nacht, da Gott ihm begegnete.

Seltsamerweise wurden die Atemzüge des Kindes gegen Morgen ruhiger. Um sieben Uhr kam der Arzt. Ein eigentümlicher Ausdruck des Staunens legte sich auf sein Gesicht. „Hier ist ein Wunder geschehen", sagte er. „Ich habe nicht gewagt zu glauben, dass ich den Kleinen noch lebend antreffe. Ihr Kind ist gerettet!"

Ja, das war nun wirklich ein Wunder, für alle überwältigend und beinahe unfasslich. Der Blinden fiel unwillkürlich der Predigttext vom letzten Sonntag ein. Der Pfarrer hatte über 1. Mose 28,16 gesprochen: „Gewiss ist der Herr an diesem Ort, und ich wusste es nicht." Ja, der Gott der Liebe war in dieser Nacht dagewesen und hatte leuchtende Spuren hinterlassen.

152

Bei Christa aber war es so: Hatte das Leid sie vorher zu Boden geworfen, so brachte die Freude sie jetzt an den Rand des Grabes. Als es mit Peter-Paul, wenn auch nur langsam, der Besserung zuging, bangte man tagelang um ihr Leben. Anne-Katharina saß unermüdlich an ihrem Bett. Es war unbegreiflich, woher die Blinde die Kraft nahm zu dieser langen und schweren Pflege. Aber alle waren froh für ihr stilles Wirken. Selbst Bruno Stecher hatte sich überwunden. An jenem Morgen, als der Arzt das Kind für gerettet erklärt hatte, war er aufgestanden und hatte die Hand der Anne-Katharina ergriffen und sie wortlos gedrückt. Das war viel! Anne-Katharinas Herz aber wurde erfüllt von einer stillen und tiefen Freude. Ihr Licht strahlte hell. Sie wusste, sie konnte sich auf Gott verlassen.

Es dauerte nun allerdings noch Wochen, bis Peter-Paul die schwere Krankheit überwunden hatte, und noch länger, bis Frau Christa über die größte Gefahr hinweg war. Aber nun, da alle wieder Hoffnung schöpfen durften, war es, als ob ein ganzes neues Verhältnis zwischen den Familiengliedern zustand käme. Jetzt, da der Tod an ihrer Schwelle Halt gemacht hatte, spürten sie, dass sie zusammengehörten. Und nicht nur das, sie hatten alle im Vorraum der Ewigkeit gestanden, und über sie war ein Erkennen der Nichtigkeit dieses Erdenlebens und der Heiligkeit der Ewigkeit gekommen. Natürlich waren sie nicht plötzlich neue Menschen geworden, aber sie waren doch von der verkehrten Richtung ihres Weges überführt worden, und in allen regte sich die Sehnsucht nach Höherem und Besserem, als sie es bisher gekannt hatten.

Frau Christa aber hatte den Heimweg gefunden. Als das Schwerste ihrer Krankheit hinter ihr lag, verlebte sie mit Anne-Katharina eine Stunde der inneren Einkehr, der Umkehr, der Heimkehr. Nein, nicht mit Anne-Katharina allein – es war der bei ihnen, der gesagt hat: „Wo zwei oder drei versammelt sind in meinem Namen, da bin ich mitten unter ihnen."

„Mutter, jetzt ist es wieder licht geworden", sagte Frau Christa. „Nach all den Jahren undurchdringlicher Dunkelheit wieder licht."

Anne-Katharina schloss die Pflegetochter in die Arme. Aus ihren Augen tropften Tränen. Es waren Freudentränen, denn ihre Tochter war heimgekehrt.

Auch in Christas Leben leuchtete nun das Himmelslicht, und wenn sie auch noch manche Bürde würde tragen müssen, wenngleich ihr Mann sich auch noch nicht entschlossen hatte, mit ihr zu gehen, und auch Hasso noch ein Suchender war, so wusste sie doch, dass Gott zu beiden gesprochen hatte. Sie waren erwacht, und nun würde Gott das Weitere tun. Sie aber würde mit Gonda, die schon während ihres Weilens im Heimatstübchen bei Anne-Katharina eine innere Umwandlung erlebt hatte, dafür sorgen, dass das Licht nicht mehr verlösche. Nun sollte ihr Haus ein Hort der Freude sein.

Nach einigen Wochen war es so weit, dass Anne-Katharina in ihre Wohnung zurückkehren konnte. Sie musste sich erst wieder an die Einsamkeit gewöhnen, aber es war nun doch anders als früher, jetzt, da sie wusste, dass ihr Gebet erhört worden war.

Vielleicht war die Pflege zu anstrengend für sie gewesen. Anne-Katharina wurde krank. Da lag nun die Blinde in ihrem Stübchen und hatte mehr Zeit als je zuvor, ihre stillen, innerlichen Wege zu gehen. Ihre Seele hielt Zwiesprache mit Gott, dem sie so viel verdankte.

Gonda kam jeden Tag, um bei ihr das Nötigste zu besorgen und sie zu pflegen. Am liebsten wäre sie wieder ganz in die Maiengasse übergesiedelt, aber die Mutter war noch nicht stark genug, um sie ganz entbehren zu können. Alle wunderten sich nicht wenig, als Bruno Stecher eines Tages einen Vorschlag machte.

„Man kann doch die alte Frau nicht allein liegen lassen, so ohne Hilfe und ohne Pflege. Wir wollen ihr das vordere Zimmer einräumen. Hasso soll sie morgen mit dem Krankenwagen holen. Hier kann man sich doch ganz anders um sie kümmern."

„O ja", jubelte Peter-Paul, der nun wieder ganz gesund war, „meine Oma Rina kommt zu uns!"

Hasso und Gonda machten sich sogleich auf den Weg, um der Blinden die Botschaft zu bringen. Frau Christa aber lehnte ihren Kopf an die Schulter ihres Mannes, was seit Jahren nicht mehr geschehen war, und fand keine anderen Worte als: „Ich danke dir, Bruno." Sie wusste, dass dieser Entschluss ihres Mannes ein Bekenntnis, ein Wiedergutmachen war.

Als Hasso und Gonda ins Krankenstübchen kamen, fanden sie die Nachbarsfrauen bei der Blinden. Anne-Katharina war eben still davongegangen in das Land, das ihr längst Heimat geworden war. Ihr Licht aber war nicht verlöscht, es leuchtete weiter, und es brennt noch

155

heute, denn Himmelslicht kann nie verlöschen. Das Licht aus der Ewigkeit leuchtet, und wenn alle andern Lichter vom Sturm der Zeit gelöscht werden, es bleibt – das letzte Licht!

Quellenverzeichnis

Die hier veröffentlichten Texte sind folgenden Büchern entnommen:

Werner Gersbachs Weihnachten
aus: Die Lasten der Frau Mechthild,
Christliches Verlagshaus 1940

Martina sorgt für Weihnachten
aus: Große Not im Kleinen Kaufhaus,
Christliches Verlagshaus 1961

Das Silberfädchen
aus: Dreisbach-Lesebuch 4,
Christliches Verlagshaus 1999

Das letzte Licht
aus: Dreisbach-Lesebuch 4,
Christliches Verlagshaus 1999